tuán   wù

抟物

2　主编 / 周公度

国际文化出版公司
·北京·

抟物

TUANWU

CONTENTS

目 录

序　森林之美

周公度　《抟物》主编

万物之中，只有星空与森林能在给我们欣喜的同时，又带来安静的心。

但星空遥远，不可触及。

只有森林，能给予我们一种容身于广阔宇宙又交织着时光暂停此刻的庆幸，与夏日晨间的微凉甜意。

在夜晚的古代群山之中，尘世的一切庸杂退居身后。

我们感受到了隐藏已久的自己。

像溪谷、山泉一样，像小树、古木一样，像苔藓、苍石一样。

一生都是它们自己。

森林之美的核心便是如此。

事物只作为自己。

这也正是它们令我们为之赞叹不已的地方。而对于人，我们，所需去努力的是成为自己。

也就是如何回到大乘佛典《瑜伽师地论》中所言的"种子"状态。

种子的力与万物相契相通。

我确信在这种"相契相通"的时刻，这颗"种子"拥有一切法力。

如何寻回属于自己的"种子"，获得在此世最大的力，对佛教的法师而言，只有一个途径：最大限度地去除人为的痕迹。

所谓人为，即是刻意的、执着的、繁复的、强调的一切行为。

一切不能用简单的词语表达清楚的事物，都是我们的智慧被蒙蔽之处。那些繁复与缠绕的，都是认知的障碍，都是人生疲倦不堪的本原。

森林之中的万物从来没有疲倦的时刻。

它们始终是它们自己，是自然。

越古老的森林，人的痕迹越少。我们身居森林之中，赞美森林的幽谧。到了夜晚，又赞美星空的璀璨，溪水的清澈。这都是在叹惋自身。

我们在做什么呢？

山中寺院的美恰恰也在这里。

僧人的知行与日课，所努力的正是如何像森林中的万物在自然之中，与万物相契相通。

想到在森林中居住的时光，我就想赞叹他们。

在树木、山峰、溪水和瀑布之间，
是隐士与众神的交接之地。

隐士的森林啊

陈鹏——作家，清代王府研究专家，《东坡传》作者。

西天目山势图

中国有
隐士传统

隐的理由五花八门：想当官，隐；不想当官，隐；怕热闹，隐；喜欢旅游，隐；想显得超凡脱俗，隐……求隐得隐者众，为隐而隐的也不少。

到哪里隐也是门学问，有人隐于都市，有人隐于郊野，有人隐于村庄，而隐于名山则最为常见：严光住富春山，李白住徂徕山，刘凝之住嵩山，陈抟住武当山和华山，种放住终南山，林逋住孤山，等等。

这也好理解，大凡名山，风景佳，林壑美，处其中，把酒临风，乐以忘忧，幸福的生活就此展开。

只有藏身于名山中，隐士风度方才得以最大程度的呈现，"脱簪散发，眠云听泉。有峰千仞，有溪数曲。疏石通迳，依林架屋。麋鹿同群，昼游夜息。岭月破云，秋霖洒竹。清意何穷，真心自得。放言遗虑，何荣何辱"。

隐士与名山脱不了干系，与森林的关系自然密切。

一

森林为隐士们提供最佳的庇护之地，亦提供心灵的栖息之所。

设想，如果隐于一座秃山，场景是何等惨淡：想吃野果而不得，想烧壶开水没有柴，想写首诗却找不到灵感。每日面对光秃秃的山头，难免哀声叹气，隐士优雅又高贵的气质难免不被残酷的现实击打成残枝败叶。

有了森林便不一样。

森林提供了木材，可以盖房架屋，可以做桌做椅，可以烧水取暖。森林也提供食物，夏天有野果可食，秋天有坚果饱腹，树林里有蘑菇，腐木上长木耳……森林里转一圈，几个菜便可以上桌，设若再抓只野鸡，就可以吃上一锅香喷喷的"小鸡炖蘑菇"。

天气炎热时，在树下摆桌设椅，邀请二三友人小聚品茗，自是清凉世界；寒冬来临时，随便捡些干柴，烧出一团旺火，几杯小酒下肚，暖意腾腾升将起来。

森林是隐士的物质财富，更为隐士的精神生活开辟出一条路径。

苏轼晚年被贬海南，被动做了次隐士。尤可恨的是，当地不仅无书可读，而且笔墨也遍寻不着，这叫整日文思泉涌的诗人连声叫苦。

他看到儋耳山上的森林里有许多松树，便决定利用松脂、牛皮胶等物自己制墨。苏轼与儿子苏过将采回的松脂堆放在柴房里烧烟制墨，半夜火花迸发，引起松脂燃烧，把整个柴房给烧着了，好在百姓及时帮忙扑救。人家急着救他的房子，他急着从火堆残灰里扒拉出几百颗油烟，然后混合牛皮胶做成墨条。

自此，终于可以写诗作文，精神生活终于有了着落。

隐士们在林下品茗、饮酒、抚琴、弄曲、下棋、聊天，山风吹拂，林木幽深，他们忘却了江湖，逸然于世外，从滚滚红尘中解脱，逍遥于放荡旷达的精神世界。

冈仓天心描述的场景正是隐士们生活的写照，"让我们轻啜一口茶吧！午后的阳光照亮竹林，山泉的欢欣跃于水面，沙沙作响的是松树，还是壶中的沸水呢？就让我们渴望无常，而非无限；只不过，当事物之美横呈眼前，若是我们痴傻不愿离去，却也难免。"

山风起，水波兴，幽林簌簌而动，灵感一时难抑，自有动人诗句。

手抚琴，指尖弄，乐声自在流淌，与松涛合奏，那才叫动人旋律。

山水与森林一起，组合成动人美景，为隐士们构筑了一道完美的屏障。

二

隐士并非中国的特产，在西方也不少见，但西方的隐士大多出于宗教动机而脱世入隐。

公元3世纪，罗马皇帝德西乌斯迫害基督教徒，有些教徒不堪忍受，便逃到旷野中隐居，坚持自己的信仰，像底比斯的圣保罗、埃及的圣安东尼。圣安东尼不仅自己隐居修行，还将隐士们组织起来，创办了戴尔·马利安东隐修院。

西方的文人隐士也从来不乏其人，伏尔泰、勃朗特姐妹、托尔斯泰、尼采、叔本华、梭罗等都曾因种种原因退隐郊野。但西方隐士与东方隐士的一大不同是，即便隐逸后，他们仍坚持不懈地表达自我，东方的隐士则更乐于闲云野鹤的生活。

印度的宗教隐士被称为"遁世者"，他们或者三五成群地结伴云游四方，或者独居斗室或岩穴。他们有自己的服饰标志，发清贫和独身愿。作为宗教信徒，他们有自己的信仰，在社会上也具有很高的名望。印度的隐士完全出世，甚至出家、苦行，除了自己的信念，其他的一概不论，与世隔绝。

隐士在东方是个政治概念，在西方则是个宗教概念。

东西方隐士的隐，有大不同，但亦有相同处：他们都喜欢僻静之所，都喜欢山水美景，都对自然有向往之心。

森林里藏着他们的信仰和梦想。

梭罗在《瓦尔登湖》里，描绘他的森林之梦，那简直是完美的天堂：

我有时漫步松林里，松林像一座庙宇矗立着，也像无穷无尽装备齐全的海上舰队，树枝翻起重重松涛，如此翠绿而又多荫，就是德鲁伊教的人也会放弃他们的橡树林而到这边松林里礼拜；或漫步到弗特湖外的雪松林里，雪松挂满蓝色的果子，一株株高耸挺拔，长在英烈祠前面，而侧柏以果实累累的桂冠覆盖着大地；或者到沼泽地去，在那儿，松萝地衣从黑云杉树下垂下来，像一条条花彩饰带，而伞菌遍地皆是——它们是沼泽诸神的圆桌，那些更美丽的真菌像蝴蝶或贝壳装饰着树桩；那儿生长着沼泽石竹和山茱萸，红色的桤木果长得像小魔鬼的眼睛，南蛇藤在攀援时把最坚硬的木材也刻下沟槽并勒坏。那些野冬青的果子更是美丽迷人，使得观看者流连忘返。还有其他一些不知名的禁果使人目眩心动，它们太美了，凡人哪配品尝？

他说，这片森林"是我夏天拜访过的神殿"。

尽管有不少资料显示，梭罗是个不靠谱的遁世者，但我还是受他的文字蛊惑，爱上了他描述的凡尔登湖，爱上了那一片森林。若没有真切的迷恋，梭罗也断难写出这优美的文字。

隐士们在森林里做一场淑世的梦，坚持着救世的信仰，他们从未与现实妥协。

三

越来越多的都市人，开始逃往山林，过隐居的生活。

现代人的"隐"，多半被动，或者是逃避现实的压力，或者是躲开污染的食物、空气和水，与古代隐士相比，多了一份无奈，少了一份潇洒。

去网上搜现代隐士的照片，或坐或卧，或抚琴或品茗，倒也清新可人，但总摆脱不了"自然的摆拍"之嫌疑，令人稍许感动之余又觉得有莫名的喜感。

这个时代的富人和名人们成群结队买岛、买山，置办房产，装修豪华居所；这个时代的中产们纷纷去山里上灵修班，习佛坐禅；安缦酒店集团在全球搜罗适合隐匿之地，建各种奢华的度假酒店。

隐居的人群占据了各个山头，据说山头已不够用了。

当幽静的森林里人头攒动，我们又该如何面对自己的孤独，获得灵魂的平静？

隐很容易变成一个笑话。

莫顿说，判断一个人是否真正孤独的准绳，是他的内在体验，而非外在环境。一个人尽管可

以住在沙漠的山洞里，但仍然没有拥有真正的孤独。只要心静如水，就仍然可以称为一个孤独的人。而真正的隐士所追寻的，毋宁是自己的真心。

不必非追求山洞，亦不必非追求森林，但要为自己在心灵里留着一个山洞，留着一片森林，方才可以寻找到自己的真心。

四

最后说一个我喜欢的故事。

有位国王前去拜访隐士。他对隐士说："我有无数的珍宝、车乘、华服、宫室、嫔妃、美食、天乐、艺术……在我的国土上，每一个人的命运皆由我掌控，每一个人的生死都由我主宰。"

隐士听后，平静地回答："我有一个简陋的茅棚，一身蔽体的衣服。在我所住的森林中，野兽各行其道，草木各荣其华，而我掌控自己的命运，主宰自己的生死。"

四
季

TUANWU

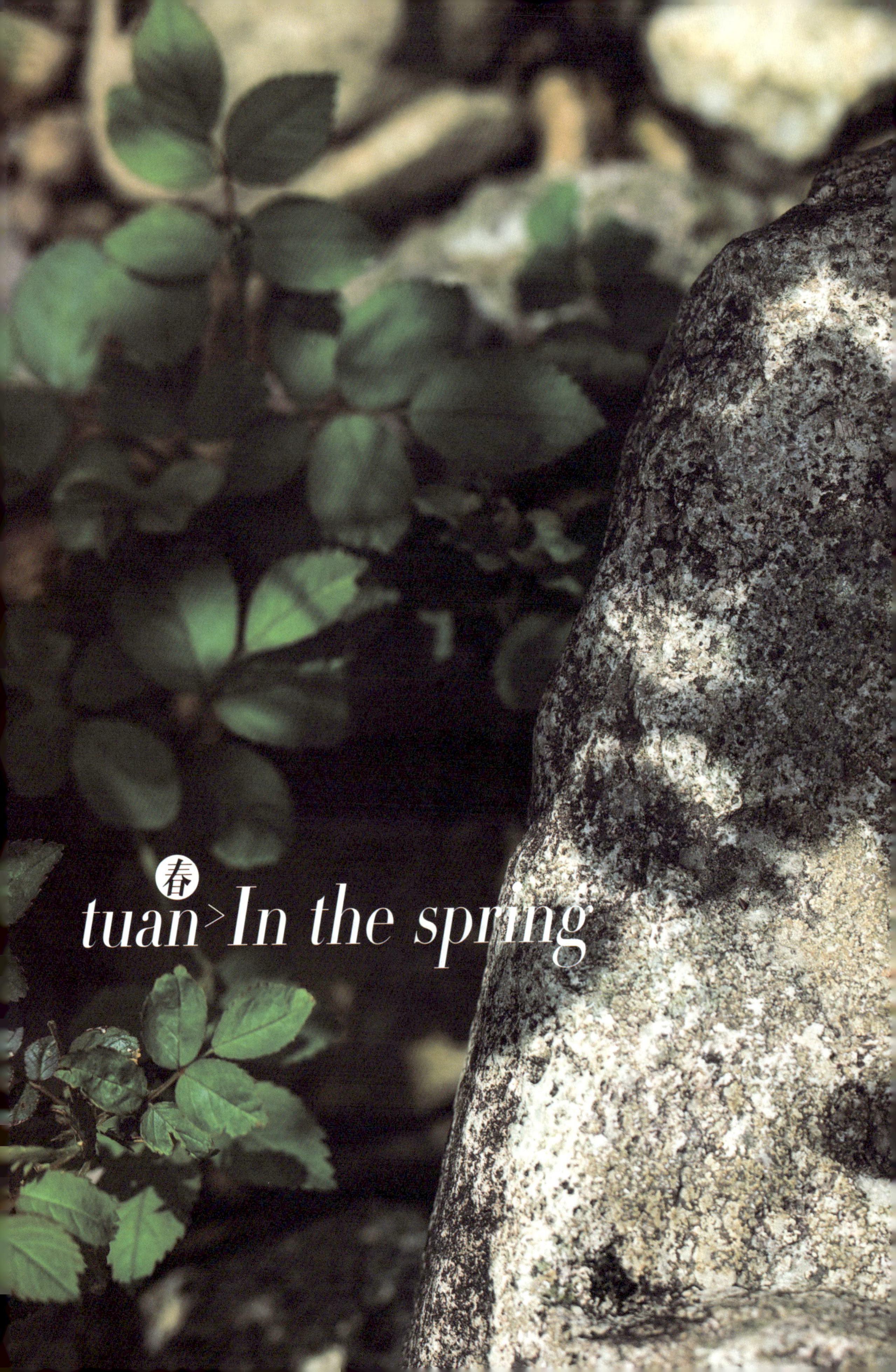

春 tuan>In the spring

笋之书

文字 / 周华诚

周华诚——作家，资深媒体人，"父亲的水稻田"文创项目创始人。出版有《草木滋味》《下田》《造物之美》《我有一座城》《没人知道你在寻找什么》等十余种文学作品。"父亲的水稻田"摄影作品入展"2016中国黄山国际乡村摄影节"。

1

公度兄，今天中午我去巷子里吃面，是一家小面馆。想到你要我写的有关笋的文章还没有落笔，便觉得愁闷。写文章，算不得一件多难的事；没有找到合适的气息，才难。

好文章是一种气息。但是气息从哪里来，我想，要跟草木去学习。草木有悠长的气息，有沉静如海的气息，有山崩于前而色不变，麋鹿兴于左而目不瞬的气息。

当然，这要看草木高兴与否。草木高兴的时候，无风来，自己也摇摆。一高兴，就开花给自己看。或是一高兴，一夜之间蹭蹭地长它一尺两尺。

笋就是这样的。

清早到笋园子里去看看，我也觉得高兴。笋尖上垂着露珠，摇摇欲滴，却不滴；笋兀自长高。大概这是一种游戏，夜间，黑灯瞎火的，露珠攀挂在笋尖上，就这么攀挂着它。笋呢，一高兴，就把露珠带着，往高处长了一尺两尺，或三尺四尺。

啊！真是惊险。天亮的时候，露珠高兴地想。

一园子的笋冒出尖尖，长长短短，人都不敢落脚。怕一落脚，就踩到草丛里刚刚冒头的笋芽儿。

公度兄，人的气息太浮，脚步太重，走到春天清早的笋园子里，是会自惭形秽的。人觉得自己面目可憎，像三天没有洗脸；呼吸污浊，且有宿醉的馊味。怎么好意思面对一园春笋。

2

所以我点了一碗："野小笋肉丝面"。

面不重要，肉丝不重要，野小笋才重要。每次去，我都点野小笋肉丝面。

野小笋，首先在于野。清明时节，只须走到荒野山坡上去，低头就可以发现野小笋。这样的小笋并非人为种植，也没有人会想要去种它。漫山遍野，水竹就那么长起来，然后在一个又一个暮春，野小笋也蓬勃地长起来。

我以前写过一篇短文，认为野小笋、野草莓，是春天山坡上最美妙的两样东西。水竹，乡下人常砍来扎竹篱笆，牵豆角，搭丝瓜架子和黄瓜架子。水竹只有食指般粗细，密密匝匝，砍了又会发出来，砍不完的。杭州十分有名的特产之一天竺筷，也是用这样的竹子，整根地截断了制成。只不

过，后来又要雕花，又要套上金属的筷头，人工痕迹太浓。在我看来，最好就是普普通通的两截竹子，圆溜溜的，略有些弯曲也无妨，倒是很有些山野的原味。

水竹萌出的新笋中，最可爱的，是刚冒出黄泥的那一款：白、胖、憨、嫩。白，是一夜新萌；胖，黄泥深厚，小笋就肥；憨呢，短短白白胖胖，当然是憨态可掬。拔这样的小笋，手要尽可能地握到根处，否则会有一大截子断在泥下，那就可惜了。

茶园之中，也有这样的野小笋。似乎水竹

早就砍掉了，但是水竹的鞭，却仍然在那黄泥之中伸展。有的茶园主人挖山翻土，奋力地把竹鞭剔除，那些断成几截的竹鞭，却也仍然顽强，在泥底下默默地蓄积着力量。到了春天，哗啦一下，冒出一根根的小笋来。

茶园、山坡、野小笋，都在云生处。云在天边，但云明明是山坡上生长出来的。拔小笋的孩童，远远望过去，就隐在云的里面了。

拔野小笋是我离开故乡以后，在春天最想回去做的事情之一。之二是采野草莓。

一碗野小笋肉丝面，仿佛让我可以回到故乡的春天。

3

公度兄，我一度以为，江南出笋，是上天对江南人的眷顾。江南人春天的食谱里，怎么好少了笋呢？你到杭州来，吃一碗片儿川面，夏秋冬季只能吃到茭白的浇头，只有春天，一定是笋片浇头。

或者这样说，笋片、雪菜，才是片儿川面的正宗。

杭州人春天还有一道菜，春笋步鱼。

三月吃什么鱼，在南通大概要吃刀鱼。明前的江刀就一个字，贵。在杭州就吃步鱼。一个顶级的吃货，和一个普通的吃货，区别就在于，顶级的吃货这个时节心心念念的一定是步鱼。

步鱼，也叫土步鱼，袁枚在《随园食单》里说："杭州以土步鱼为上品。……肉最松嫩，煎之、煮之、蒸之俱可，加腌芥菜作汤，作羹尤

鲜。"到了春天，也并不见得随便哪个菜场都能买到它，得碰运气，不过"春笋步鱼"真是杭州名菜了，跟西湖醋鱼、东坡肉、龙井虾仁、叫化鸡、西湖莼菜汤一样著名。只不过，它更难得，只是春天才有啊。

杭州人春天还有一道菜，油焖春笋。

这道菜，说来也奇，一大碗没有别的材料，光是笋；重油、重糖，

焖得笋色泽红润、油汪汪鲜亮，吃起来鲜嫩、爽口。杭州平常人家，都会做这道油焖春笋。家常菜了啊，杭州人，都好这一口笋。

杭州人春天还有一道菜，咸肉蒸笋。

有一次，我到杭州城北径山寺去，在下山的路上，见到竹园中有一村妇在掘笋。大家欢呼雀跃，看人掘笋，其实却是各怀心事。等到

那妇人一放下锄头，大家便要买她的笋，一下子全都分光了。

暮色渐起时，大家也不赶路了，就寻了一户路边店，把笋交出去，请主人煮起来吃。主人贤惠，煮出来好几样笋肴：油焖的，红烧的，清炒的，做汤的。有一道最不同寻常：滚刀切出的春笋小块，铺在碗底，笋上面覆了一层薄薄的咸肉。咸肉是肥的，

蒸出来，是如玉脂一样透明的颜色。下面的笋块，也是如玉脂一样的颜色……这里的咸鲜二味，真是不忍细说。公度兄，阿弥陀佛。

杭州人到了冬天，也有一道菜：炒双冬。

双冬者，冬菜、冬笋也。冬菜，即雪菜；冬笋，即毛竹笋。这道菜，以适量的红辣椒炒了，下酒也下饭。

杭州人到了冬天，还有一道菜：菜头蒸冬笋。

菜头，是萧山和绍兴一带的；冬笋，是临安的，也是天目山的。最好是整个的冬笋，完全埋在土里还未探头，再由经验丰富的山农掘出来，最是鲜嫩无比。

这样两样材料，看起来也是平淡无奇，用的也是素食做法，但是蒸出来你就知道了：鲜得掉眉毛。

大雪冬日，还有一道菜是极好的：冬笋煨咸肉。

我还专门在一篇文章里写过，这里暂且偷一个懒，抄出来给你看——

"……然而必要在大山深处吃，才算好。开门见漫山遍野白雪皑皑，万物凝止，万籁俱静。茅庐窗内，是红泥小火炉，煮着一钵冬笋咸肉。炭火哗啵，喝一碗山家自酿的米酒，其逍乎遥哉！纷繁尘事、郁结不快，连同那雾霾一起，都是遥远的，都

在另一个世界了。此时，倘若还有爱人在侧，则庶几可以美到哭了。"

4

公度兄，一说到笋的吃法，就收不住，我们南方人太爱笋了。好像大家殷殷切切地盼着冬天，就是为了吃笋似的。盼着春天，也是为了吃笋似的。

其实，南方好吃的东西不少，笋，不过是其中颇受欢迎的一样。

南方的笋，品种太多。宋僧释赞宁写了一本笋的专著，《笋谱》。他用了一万多字，把笋的一生都说尽了。他还列出了九十多种笋的名字，一一说明，并对烹

制和食用方法做了深入的研究。竹子种类，全世界有150属，1200多种，分布在地球的北纬46度至南纬47度之间——虽说热带、亚热带、温带都可以长出竹子和笋来，但在我看来，笋是南方的东西。

释赞宁活到八十三岁圆寂，史书里说他"有大学，洞古博物，著书数百卷"。这样一个非凡的高僧，写了那么多的书，包括《宋高僧传》，《笋谱》不过是种种成就里的一枚野果。然正是这样一枚小野果，至今为爱笋之人所念叨。

在我老家，竹笋就有好多：毛竹笋、雷竹笋、麻壳笋、白壳笋、红壳笋……叫法不一

样，萌发的时间也略有差异，有的是冬天长出来，有的是早春便有，有的就要到暮春才可见到了。最晚的一种，也最鲜美，叫作鞭笋，是夏天吃的。

鞭笋，我老家叫作马鞭笋，要特地与你说一说。别的笋，长在竹鞭的中部，一段一芽；末梢上的那一枚芽，就是竹鞭向前伸展的部分，在泥间奋勇向前。到了夏天，把这一小段尖尖挖出来，实在是太鲜美了。

马鞭笋，量少，就显得珍贵；质地比冬笋或春笋要老一些，或者说，嫩的部分要少一些，但这不碍事。马鞭笋切成极薄的片，入雪菜一炒，很有嚼劲。有一年夏天，我与朋友在天目山，无事上山去挖鞭笋。鞭笋不易找，忙乎一下午，只找到四五根。那滋味却让我回味了一整个夏天。

5

公度兄，我读过怀素的《苦笋帖》。"苦笋及茗异常佳，乃可径来。怀素上。"那么短短几句话，比现在的微信还短，充其量，是一张小纸条吧，然而却流芳百世——纸条，连同那苦笋。

僧人与茶，是好朋友，禅茶一味。僧人与笋，应该也是密不可分。古寺藏深山，深山有好笋。笋是甘甜之味，我们平日里吃笋，亦是品它的鲜甜，但怀素和尚喜食苦笋。我诧异的是，这苦笋真的有那么好吗？佳就佳吧，异常佳，非同一般了。

后来看到，黄庭坚也作过《苦笋赋》，说苦笋虽苦，苦而有味，如同忠谏之可活国——此文虽短，而文字清通，富有深意。

黄庭坚也是学佛的。他还说，四川人认

为苦笋不可食用，吃了会生病。他就认为，这简直是没有见识，不可理喻。

在我老家，人们也认为苦笋不可食。小时候，我上山拔野小笋，就把这样的苦笋也拔了好多。拿回家去，却被母亲一一拣出。母亲说，这是苦笋，不能吃。她指给我看：苦笋中间，是白色实心的，不能吃；而一般可食的野笋，都是空心的。我看了，果然如此。于是，苦笋不能吃，这印象就深留在我的心底了。

为此，我还专门去研究过，然遍查资料，并没有"苦笋有毒"的任何记录，反而说苦笋之苦，能清热、明目、利尿、活血。李时珍《本草纲目》载："苦笋味苦甘寒，主治不睡、去面目及舌上热黄，消渴明目，解酒毒、除热气、益气力、利尿、下气化氮，理风热脚气，治出汗后伤风失音。"

于是，苦笋是可以放心吃的。

然而，我终于还是没有吃过。

公度兄，我想来想去，最重要的原因，是我们这里有太多的笋了，黄泥畈中、水竹园内，各样的大笋小笋吃不完，都是清鲜无比，哪里用得着去吃那苦笋啊。

6

有一回，北京的朋友想念春笋，我用快递邮了一包过去。笋离了山地，在途中，在菜场，也是会生长的，会越来越老。北京朋友收到笋后，把老的部分切去，吃那些嫩的尖尖，所余不过十之二三。

这要给绍兴人看到，不免跌足长叹："哎呀，最好吃的东西，怎么丢掉了……"

绍兴人喜吃笋箨头。不仅笋箨头，他们也喜欢吃老菜根。比方说笋，把笋最老的部分切块，煮后，大嚼之。他们说这才是最懂得吃笋的。嚼着嚼着，一嘴的渣子，吐了，又嚼。

这需要牙口好。

我也嚼过，越嚼越喜欢。

当然，吃笋最好是现挖现吃。《山家清供》里写到一样"傍林鲜"，令人神往之极。林间竹笋新萌，挥锄挖得，就近山泉里洗净，再把携去的炉子用竹枝、竹叶生起火来，就林煮笋。水是山泉，笋又清鲜，这样的一道菜，就叫"傍林鲜"。

吃笋，吃的就是一个新鲜。

鲜笋衣，也很好吃。笋衣，老后叫作"箨"，箨的脱落，使笋变成竹子。但"箨"在细嫩的时候，也可单独剥下来。

笋尖尖，就是一层一层的笋衣。会吃笋的人，总不舍得把那些笋衣剥得太干净。

笋衣，常取雷笋之衣，干净、质嫩。竹园里刚挖的雷笋，剥去硬的外壳，咬一口笋尖尖，有一股清甜之味。

剥下来的笋衣，嫩的部分也很好吃——水煮肉片，放入笋衣，肉片少，笋衣多，油汪汪的一盘，吃得兴高采烈。我在衢州老家吃过。

笋衣红烧肉，在杭

州也可吃到。杭州人常用笋干与肉同烧，笋有肉味，肉有笋味，相得益彰、两全其美。肥肉容易腻，瘦肉容易柴，笋衣或笋干得了肉的厚味，既不腻，又不柴，比肉好吃。一碗上来，总是笋衣或笋干先吃完。

李渔说笋"居肉食之上"，我为他点赞。

7

公度兄，你上次到天目山来，约我吃笋，我没有去成，甚是遗憾。天目山千重灵秀、百里叠翠，云深，人少，是出好笋的地方。

好笋有时，爱吃无尽。我现住的家中，常备天目笋干，在无新鲜笋可吃的时节，便吃那些笋干。

笋干积攒太久，有时就生了小小的虫子。

我把那些虫子赶跑，照旧吃那些笋干（笋干上留下一个个的小洞，无妨）。

8

袁枚还做过一种笋油，也就是笋汤，不厌其烦地把操作过程记录在他的食单中：

"笋十斤，蒸一日一夜，穿通其节，铺板上，如做豆腐法，上加一枚压而榨之，使汁水流出，加炒盐一两，便是笋油。其笋晒干，仍可作脯。"

有位朋友，千里迢迢从四川的凉山州给我寄了一瓶鸡枞油。鸡枞是她自己上山拾的，油是她自己下厨熬的，我每每吃的时候，倍感珍惜。

袁枚的笋油，我想，应该跟鸡枞油差不多。

9

公度兄，在我老家还有一种笋的吃法，曰明笋。

春天取吃不完的鲜笋，不加盐煮熟，晾干，可以久藏。要吃时，再把明笋干放入冷水中浸泡一周，每天换水，捞出后，用竹竿夹紧，用"一字刨"刨出极薄的片。

这样的薄笋片，再用水泡发三四天，随吃随取。

明笋，往年在乡下吃酒席，是最常见的打底菜。那时大家没有什么好的东西，有一块肉、一只鸡，算是好物。一大碗肥肉端上来，上面是肥油腻色的大块肉，肉下面盖着的，大半碗都是明笋。鸡肉鸭肉，下面也多是明笋。

那时，肉类并不丰裕，这也是办酒席充门面的一种办法。酒席上，肉吃完，明笋大多就留了下来。现在乡下摆酒席，还是这样的一大碗，上面盖着肉，下面的明笋往往先吃完，肉就留了下来。

明笋为什么叫"明笋"，我并不知道。后来翻哪一本书，也许是《山家清供》吧，看到也可以写作"闽笋"。

大约福建人多此制法。我老家衢州，位于浙闽赣三省交界处，饮食上面得了三省便利，也算一幸也。

而今，每当我吃笋的时候，就回到家乡的山野了。

2016 年 10 月 18 日

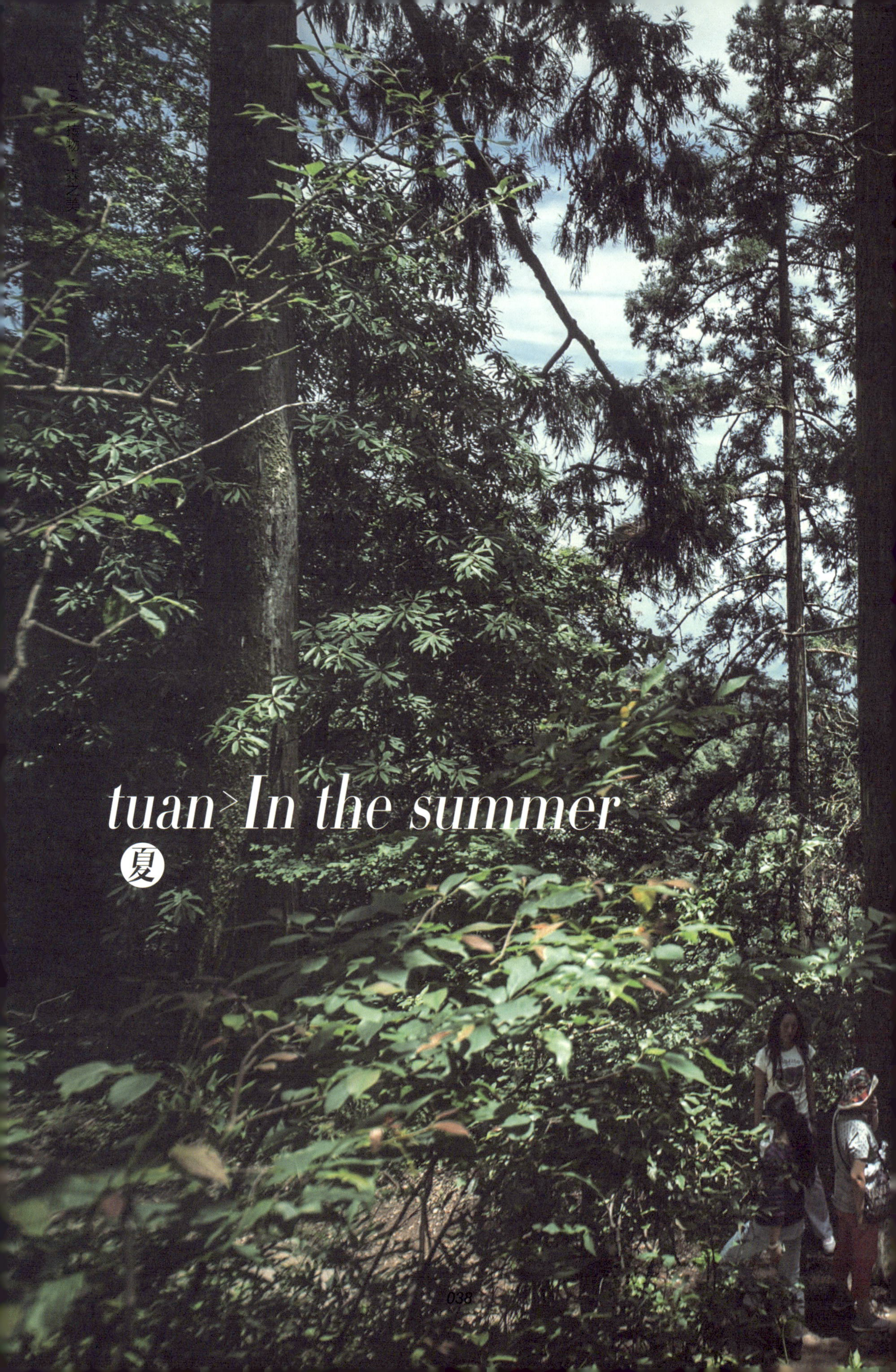

tuan>In the summer

夏

大树神

文字 / 张二冬

张二冬——画家、诗人，著有散文集《借山而居》。居住于终南山。

农历八月过完了，椿树和杏树已经开始落叶，没有风，最早泛黄的那些，每天都会落一点。大概农历十月过半，每片叶子都枯黄的时候，一阵风过后，冬天的枝干就出来了。

杏树挺有意思的，叶子还没长出来的时候就开花，最早宣告春天，又最早宣告秋天。很准时，每年树叶只要全部枯完，就会有几天特别大的风去摇晃那些树，让人以为，四季的转换，好像都是一夜之间完成的。

其实叶子落光后的柿子树挺好看的。深秋的柿子树，叶子掉完了，果子不会落，一树橘色玛瑙。到了冬季，每个枝杈都像触角一样弯弯曲曲，很诡异、很暗黑。每次路过柿树林，总觉得会有巫婆骑着扫把飞过。

还有杨树，到了秋天，叶子也变黄了，虽然没有银杏的黄色更纯净，但整片的话，还是很美的。对了，秋天的落叶烧起来，有童年的香。

北方的树我最喜欢侧柏和槐树。其实说最喜欢，也不对，应该说很多树都喜欢，尤其是到了一定年龄的大树。因为我发现我喜欢侧柏和槐树的原因，在于柏树和槐树枝干的质感，虬枝盘曲、朴拙粗粝，有饱经风霜的苍劲高古之气。这样看的话，我倒不是最喜欢柏树和槐树，而是最喜欢大树。喜欢大树身上的浑厚、苍古，和巨大物体带来的神性。

总觉得大树很有智慧，因为我有个逻辑，比方说，一只鸡、一条狗，和一个人，这三个物种，智商是不一样的，对吧？狗比鸡聪明，人比狗聪明。如果说鸡的智商是10，狗的智商是20，人的智商是100，一条狗活五个轮回，比如寿命期限乘以五，那么一只活了六十年的狗，就可以等同于一个人的智商了。那么一只鸡的寿命乘以五个轮回，应该就可以等同于一条狗的聪明程度。乘以十个轮回，比

如一只一百岁的鸡，应该就可以轻松统治家禽界了。那么一棵三千年的树呢？三千年的沧海桑田，改朝换代，无数人在它的俯视下轮回，它知道三千年来所有的秘密。所以对我来说，它有比长者更广博的见识，就一定有比我更渊博的智慧。它只是不说话，它什么都知道，那就是它最值得敬畏的神性。

去年去过一趟嵩阳书院，见到两棵4500岁的侧柏，非常震撼。那大概是我见过的最大的侧柏了，钢铁一样的枝干，老态龙钟，一股仙气，人站在树前，马上就被它的气场包围了。那天我站在那两棵柏树下面，享受了半个多小时的教诲，各拜三拜才离开。

黄帝陵我还没去过，据说黄帝陵像这样的千年以上的苍柏有三万棵。这才两棵啊，三万棵千年古柏的气息，那一定就是轩辕帝。

以前似乎每个村子的村口都会有棵大树，这种"村口有棵大树"的习俗，应该是自然崇拜的产物，我们的祖先很敬重自然万物，给每个影响

自己生老病死、居住环境的神秘力量都命名为神。万物有灵，山有山神，天有天神，阳光普照的是太阳神，平原地带的村子还有土地神。一般社公庙边上通常都有一棵很老的参天大树，千百年安安静静，庇护一个村庄，还会被尊为一方社主，镇风水、保平安。不过近些年来，大树见得不多了，社主都被村民烧柴了。

挺讽刺的，我们口口声声说是最敬畏自然的民族，却成了最不尊重自然的。

北方的大树，苍古，像老人，鹤发童颜。南方的大树，给我更多的是温柔，像宠物。我觉得这种直觉的差异，应该是"水分"造成的，就像江南一带的柳杉，适合温暖湿润的气候，湿度大，水雾就多，总觉得大树的树皮，再怎么苍老，依然感觉很温润，粗糙却也柔软。即便是个枯枝，都感觉体内还是水的。大概这也是江南女孩皮肤好的主要因素。只是遗憾，江南我去得不多。

最南的，也只是在深圳停留过几天。深圳绿化很好，到处郁郁葱葱。印象很深的是，路两边除了路灯，还有好多水泥柱子，像电线杆一样，抬头一看，顶上竟然有叶子，才意识到是棵树。这种自带工业气质的热带树种，很厉害。东南亚的树更厉害，记得见过一种浑身长满碗口大的菱形刺的树，枝干像菠萝皮，长得就好像谁要伤害它一样。但我很喜欢非洲的面包树，肥嘟嘟的，有多肉的既视感。

前天中午午睡，起床后，突然很想闻花香，就像早上开窗听鸟叫，想着应该呼吸一树的香再起床。就像朋友圈一样，发了公众号，很多朋友就留言说：来南京啊，南京满城都是桂花的香。来杭州啊，江南桂花正当时，来了请你吃桂花蜜、桂花糕，喝桂花茶。说得我只好翻箱倒柜，找了块冰糖含在嘴里，稳定情绪。

然后这两天我一直在想，桂花这种树，如果能长得很大，千年古树，开一次花，可能够吃一年的吧？

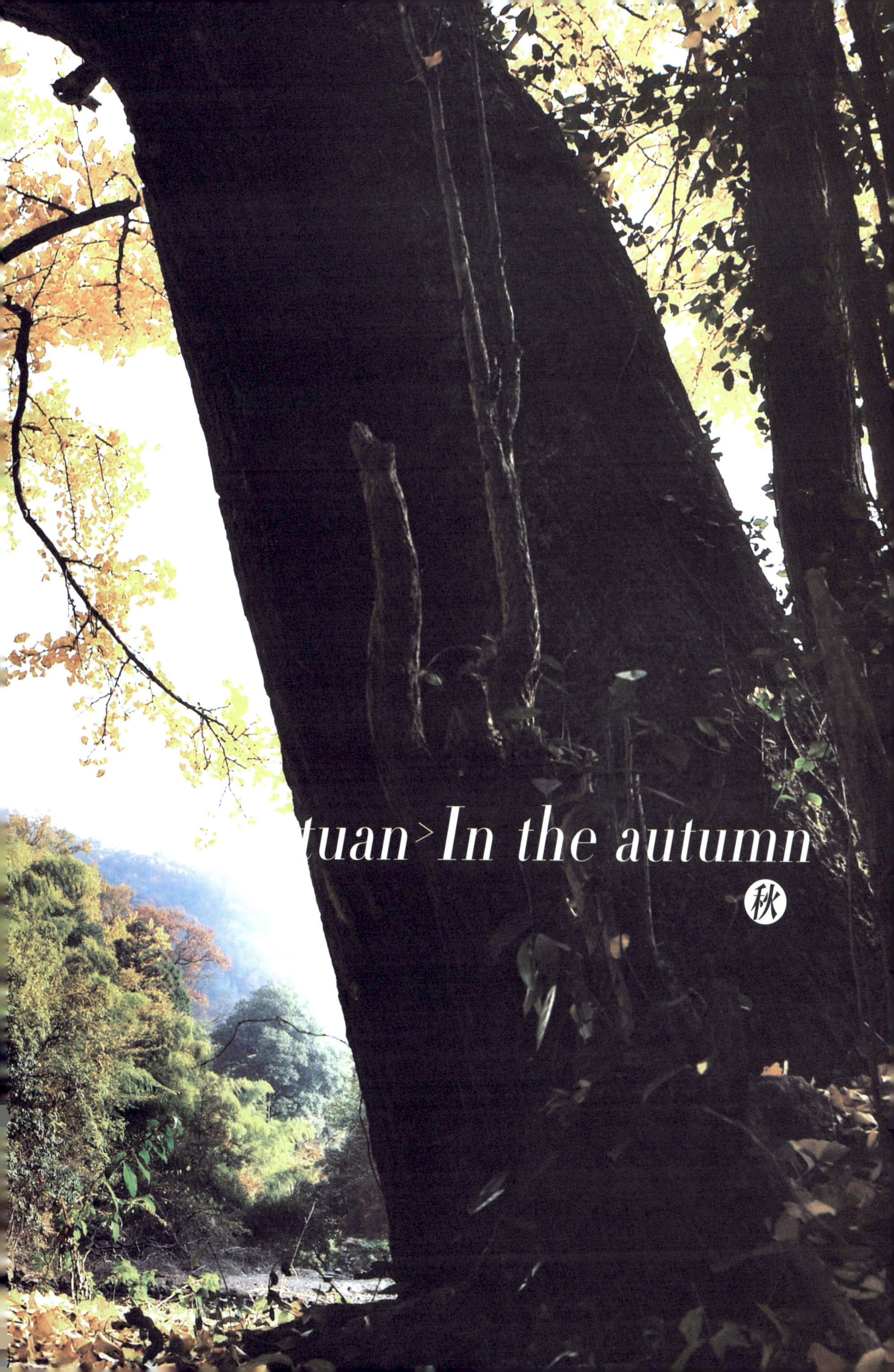
tuan>In the autumn
秋

没有小鸟停歇的树是孤独的

文字 / 木也

一棵没有小鸟停歇的树是孤独的。

每一棵树都在阳光下静静地站着，等着小鸟飞到头上筑巢。

在康乐园里，小鸟们在成群的榕树和樟树间来来去去。树木很古老，小鸟很年轻，小鸟像是一片片叶子，从树上飞出来似的。

树木的果子熟了，结得那么多、那么密，捧也捧不住，落在地上也不觉得可惜。小鸟们太喜欢了，密密麻麻地停在树上。它们吃呀吃，嘴巴、肚皮和尾巴也染上了这些果子的颜色。一拨飞走了，另一拨又飞来，飞来飞去，就像树在走动一样。

这些彩色的小精灵如此轻盈，和风戏耍，在阳光下捉迷藏。世间万物，唯有鸟儿吸风饮露，沾天地灵气。

它们无忧无虑，仿佛没有时间，又拥有无尽的时日。

小鸟的时间是什么？是不是也像奶牛那样，那硕大的乳房就是钟表，如果人们不在清晨挤奶的话，它们就会哞哞地叫个不停，四足把大地敲得咚咚响？

也许答案就在小鸟的喙上，它们轻轻地啄着，啄破大地的壳。大地伸了个懒腰，打开了光，照在万物上。

喜鹊

这只喜鹊飞了很远的路，来到乙丑进士牌坊前的这棵白千层上。它栖在最高处，发出独一无二的叫声。

它叫了出来：喳。最独特的叫声，不带一丝娇气，就像百年老树被风吹过，年轮拨动的声响。

喜鹊一出生，便既是百岁老人，也是初生婴儿。生的白与死的黑在它身上融合。她的眼神天真，她

木也——作家。原名黄丹萍，1985 年生于广东潮汕，现就职于广州中山大学。译文散见于《名作欣赏》《香港文学》及《中西诗歌》等杂志。著有自然散文集《一窝鸟鸣》等。

的声音苍老。

喳喳喳，带着上界的记忆。它开口说话，其他小鸟静了下来。

这个清晨只有这个声音。我循着叫声寻找它长长的尾巴。

在最高的这棵白千层上，它站在最顶端的细枝上。它喜欢高枝，也许最高处的世界最为开阔空旷，也许那更接近天空。

这只喜鹊头部和脖颈乌黑乌黑的，后脖颈下有一圈白，尾巴也是乌黑乌黑的，好像可以把一切藏进去，让它们重新回到洁净的状态。只有翅膀发蓝，在阳光的照射下，隐隐闪着七色光。

喜鹊朝着西边的方向，黑色的喙张开了，阳光落在黑色的喙上有些反光，就像它口里衔着一颗又一颗露珠，张开，吞下去。又是一颗，张开，吞下去。七点钟的温柔的阳光，一寸一寸地向西边移去。

白千层开着白色小绒花，可在喜鹊旁边，这些小绒花变成了旧旧的颜色，它身上的颜色是绝对的。

风有些大，它站在那儿，随着树枝摆动，这会儿也不需要长长的尾巴来上下晃动了，它只是任由风把它带往任何地方。因为七点钟的天是透亮的，喜鹊愿唱。

在各地常见的喜鹊，在广州却经常很难见到它的踪迹。我只能从一家士多店前豢养的喜鹊看到这种纯粹的黑与白。然而这只笼子里的喜鹊不会鸣叫，它只会在两根笼子里的栏杆上上下腾挪，有时几乎被自己的长尾巴绊倒。这种遗憾直到今年冬天，两只喜鹊在校园里安了家，才得以弥补。我还期待这只笼子里的喜鹊能听到真正的喜鹊的叫声，也许有一天，那个唯一的音符会从它被禁锢的喉咙里冲出来，比它的翅膀早些获得自由。

大清早，这只住在凤凰木上的喜鹊就起来了，它有一个美丽的巢，巢里垫着白云，四壁挂着

星星。一觉醒来，它先抖落身上闪闪发光的露珠，然后在凤凰树上反复擦拭自己的喙，再从一根树枝跳到另一根上，打量了几眼这个新鲜的黎明。有的鸟儿还没起来呢，它就开始叫了，喳喳喳，三声，再来一遍，喳喳喳。

平时喜鹊并不总是这样三声调，它一着急，就会多叫几声。有一次看到一只喜鹊，从菠萝蜜树上斜着四十五度角直冲向下，就在它快落地的时候，突然从墙边窜出一只野猫，它心有余悸地连叫六声！由短平调变成了长急调，喳喳喳喳喳喳！听上去还带着一些愤怒。

喜鹊来到哲生堂后的草地上，顿时让那片草地有了奇异的光彩。喜鹊身上绝对是最纯正的黑白色，什么最黑，喜鹊的黑最黑，什么最白，喜鹊的白最白。除了泛着彩虹色的一圈蓝，喜鹊的尾巴又长又细，更像是一种仪式、一种象征，只有在飞到树上时，才会显出长尾巴的妙处，翘尾巴，喳喳喳，妙不可言。

有一回正下着蒙蒙细雨，我打着伞出来转悠，顺便看看小鸟的动静。在陆佑堂旁，一只长尾缝叶莺依然欢快地跳来跳去，不停地翘起自己的长尾巴，从树杈上飞到草里觅食，又回到原来的地方，就这样反复着。

在一棵宫粉紫荆的顶端，喜鹊出现了，我心头一亮。它想停在上面，可是紫荆树枝太软了，被它压得摇摇晃晃，风也赶巧刮了过来，让那根树枝随风飘摇，起伏很大。那就走呗。可它偏偏不肯，几次张开翅膀平衡身体，眼看就要站住了，猛地向前一栽，跟着一抖尾巴，把那根树枝折腾得够呛。

不过，树枝突然变得听话起来，不再摇晃，默默地支撑着大喜鹊。雨还在下着。喜鹊保持着微妙的平衡，面无表情地看着远方，几乎是一动不动。原来它也是个平衡大师。

过了一会儿，它飞上紫荆树旁边的南洋杉上。喜鹊飞在空中，背上会出现一道椭圆形的黑边，平时是看不到的，可是今天出现了例外，它栖在斜斜指向天空的南洋杉上，像穿了件黑色圆口的马甲，很好看。

雨停了，阳光一出来，周围的小鸟也多了起来，白头鹎、鹊鸲、白鹡鸰相继出现，大家互不妨碍。一对黑领椋鸟款款到来，走到喜鹊身边觅食。喜鹊突然跳了过去，黑领椋鸟赶紧向外一跳，及时躲闪。它们比八哥略大，但和喜鹊比就差得太远了，两只加起来也就喜鹊那么大，明显不是对手。两只黑领椋鸟面面相觑，一起飞走了。

远处传来了另一只喜鹊的召唤，这只喜鹊展开翅膀就朝着图书馆的方向飞去了。在图书馆前的凤凰木上，一只喜鹊正在用喙梳理羽毛，用脚爪蹬了几下脑袋，然后长时间地把头埋下去，一遍一遍地挠着。另一只飞离了凤凰木，缓缓落在草地上，它们走路的时候总是那么从容，带着一点点稚拙。

大喜鹊鸣叫的时候，长勺子尾巴就会抖动一下。喳，翅膀和尾巴抖一下，好像把丹田之气也用上了。

八哥、伯劳都爱模仿别的小鸟叫，可唯独就是不学喜鹊。也许因为它们觉得这叫声不好听？还是这声音听起来简单，可学起来特别难？

喜鹊比谁都要好奇，世界上的每一样东西，没有它不想看一看，弄个明白的。戴胜在那儿勤勤恳恳地翻土，它也要走到旁边看一看，站了一会儿，觉得没什么意思了，才迈开步子走开。

有时候，它看见乌鸫嘴里含着什么东西，便三步并作两步也要跑过去瞧个究竟，弄得隐士先生乌鸫没办法，只好赶紧撤。

喜鹊每天神气地走在小山坡上，好像整个大地都是它的，它只是出来巡视自己的疆土。它从不惧怕任何猛禽，甚至能赶跑不怀好意的鹰隼。

那可真算是惊心动魄的一天，先是传来喜鹊的叫声："喳喳喳！"竹板声十分清脆。我扭头一看，就在教学楼顶的用红瓦铺就的屋脊上、山墙上聚集了四只喜鹊，有的栖息着，有的跳来跳去，我跳到你那儿，你跳到他那儿，他又跳到我这儿，不知是在嬉戏，还是跳舞。巡山使者张开黑白相间的翅膀，映着红瓦和蓝天，天空湛蓝湛蓝的，远处停着一朵白云，像是天工画上去的一般。

我心里纳闷：平时喜鹊独来独往，怎么今天一下子聚集了这么多只？是不是要开喜鹊大会？还是要搞什么盛典？

再向上一看，天哪！一只游隼正在喜鹊的头顶盘旋，有力地扇动着翅膀，灰褐色的条纹很是醒目。映着阳光，翅膀和尾巴几乎是半透明的，像是从天上来，还要回到天上去。游隼的身长和喜鹊差不多，但飞在天上，就显得大了很多，尤其是那架势，那眼神，那钩子嘴，让人觉得它天生就属于撒旦的队伍。

喜鹊还在跳着换位舞蹈，姿态颇似仙鹤。游隼转了几圈，决心偷袭了，它飞到喜鹊的身后，向下斜了斜身子，对着屋脊上的喜鹊俯冲过来。那速度，比褐雨燕还快；那气势，足以威慑一般鸟类。

扑空了，还是喜鹊一低头躲开了？真相全被游隼的翅膀遮住了。喜鹊一点儿也不慌，等游隼回转身，再次向这里俯冲时，三只喜鹊迅速跃起，山墙上有一只也跟了上去，四只喜鹊一起追着一只游隼，前后不过一米。就这样，

入侵者反倒成了逃亡者，游隼加紧了翅膀的扇动，显得有些狼狈。

没追多远，喜鹊就回来了，继续在那儿跳来跳去，跟没事儿似的，蓝天白云，黑白使者，总是十分相宜。游隼一定又沮丧，又不甘心，远远地，又回来了，在高空打了个转，一掉头，向着远方飞去，消失在蓝天里。

对于喜鹊来说，只有美食能让它放下架子，看到远处有虫子了，它高兴得连跑带跳地奔过去，又开脚丫子跑几步，又并起脚来跳几步，终于吃到了虫子，也不见它吞下去，只是继续这么把翅膀又在身后，旁若无人地踱着步，那样子自在极了。又过了一会儿，它又向草丛飞去，原来是去扑一只蝴蝶，可是蝴蝶飞了起来，翩翩离去了。它没有去追，像是什么事情也没有发生一样。

天气转暖了，昆虫一拨拨地冒出来了。喜鹊一边飞，一边张口就是一只飞虫。落回地面，它还要吃个大甲虫，要么在腐木上啄出一些昆虫幼虫打打牙祭，松树间的一队队打转的毛毛虫也挺对它的胃口。它可不管昆虫疼不疼，黑色的喙落在树枝上，一口一个准，结束了那些来不及发出叫喊的小生命。

口渴了，该去湖边喝点水了。草地和湖边隔着一条半米不到的小路，偶尔会有一些行人经过，或者一两辆自行车经过。只见喜鹊走到小路边，停下来，把两边翅膀背在身后，扭着头左边看看，右边也看看，看到没有人，也没有车，才赶紧一溜烟撒开爪子跑过小路，过了小路，才恢复它淡然的模样。那副紧张的模样活像一个闯红灯的小孩子，看来它也知道过马路要注意安全。

我只是奇怪，为什么它不干脆扇动翅膀，飞过小路呢？这不比马路惊魂记来得安全吗？

反正它终于来到湖边了，站在近水处，头向下，像只黑勺子，从湖里舀出水来。啄了几口，就又往回走了。湖水湿漉漉地踩着不安稳，它还是喜欢回到小山坡上。吃饱喝完了，它又开始毫无顾忌地拉屎，长长的一溜，啪地落在草地上。

有一次，它在树下站着，头顶上的画眉突然发出嘈杂的警告声，它以为是有什么情况发生，赶紧双膝下伏，做出了预备起飞的姿势。等了好一会儿，还是没有动静，它又疑惑地四处张望了一下。似乎也没什么危险了，它才直起身来，好像还觉得有些尴尬，清了清嗓子，叫得有些心虚：喳喳，喳喳。

此刻阳光正好落在我和喜鹊之间，它披上了一层金色，黑色的喙闪着光。

我看着它，它也看见我了。我望着它的眼睛，一片雪白中的一点黑墨，那么黑，黑得像是世界混沌初开时的那片黑暗。它喳地叫了一声，这叫声听起来是那么古老，仿佛来自世界之初。混沌初开之时，正是这种声音打破了世界的寂静。

棕背伯劳

像一道闪电。它总是独自出现在疏朗的枯枝上，一副心高气傲的架势，目光凛冽，从不把什么放在眼里。有时它也会在树枝上擦拭自己的喙，左一下，右一下，擦得干干净净，就像将士出征，磨刀霍霍。更多的时候，它冷不防地发出尖利的拉锯声，然后消失无踪。

伯劳的地盘一般小鸟不敢走近。听说伯劳会把麻雀钉死在树枝上，以耶稣受难的方式。不只是麻雀，它也可以杀死个头比它大的，比如乌鸦、鹧鸪、田鼠、蜥蜴、青蛙等，反正饿的时候，逮着什么吃什么。小鹰也不能幸免，被伯劳在后面追着跑。

我没见过伯劳的这种气势，不过倒是看过好几回它吃虫子的姿态。

有一次它站在十友堂前的木棉树上，尾巴一抖一抖的，草丛下麻雀和乌鸦叫成一片，可孤独的武士丝毫不为所动。猎物来了！一只蛾子。它飞了起来，左右腾挪，无论蛾子怎么飞上

飞下，也突围不出它的势力范围。最后，它决定出击了，一个对准，一下子就擒住了这只午后出来闲逛的蛾子。

天敌就是死神。

大概，孤独的武士也是需要喝彩的，它没有很快就把虫子吃掉，而是飞回到木棉树上，张望着、环顾着，恨不得让在地上辛苦寻找虫子的麻雀好好瞧一瞧，什么是真本事，什么是真英雄。

过了一会儿，其实并没有谁注意它，它开始咀嚼了，一点一点地品味着。吃完了，缓缓地抹抹嘴，回味片刻，又飞到另一棵树上，等待下一次出击。

更多的时候，它目标明确，身随意动，一举将猎物擒住，吞下，瞬间返回栖息处。整个过程如利剑出鞘。

冬天的早晨总是冷飕飕的，伯劳缩在枝头，缩成一个圆球，有时伸展一下又缩回去，变成了棕色的鹅蛋，后面拖着长长的黑尾巴，拐了个弯垂了下来。这样它觉得不冷了，挺好，于是对着东方唱起了歌，一首接着一首，不带重样的。原来武士还是个谱曲大师，懂得节奏、变调，音色婉转、高低起伏。有几次刮起了风，把树枝摇晃得厉害，它就停下来，随风摇摆。风住了，它又唱了起来，越唱越好听。

先唱歌，后觅食，活着绝不仅仅为了

物质享受，伯劳给我上了一课。待会儿它来到一片割过的草坪上，那些割草工多么残忍，草味四溢，全是小草受伤的味道。武士伯劳可不会为了小草哀悼，它来到草坪上，刚一出击，就有斩获。它衔着虫子飞到近旁的细叶榕上，来回看了一会儿，似乎在展示自己的战利品，可是孤独的演出没有其他观众，只有我一个。

有时，它会在西区破旧的操场上出没，有一次它的收获可大了。一条将近十厘米长的蚯蚓被它的爪子揪了出来。它豪迈地把虫子放在一块石头上，单脚踩住，高贵的猎手不屑于折磨猎物，它大快朵颐，可惜没有酒。只见它先是用喙一啄，断了，先吃一截，再啄，又是一截，一条虫子分成了三份，有一次噎住了，张着嘴，来回甩头，动作有点像蛇雕。总体很顺利，一分钟不到，肉呼呼的虫子全部被消耗完了。

等伯劳吃完，我看它站在石头上一动不动，像在酝酿着什么

重要的事儿。只见它抖抖身子，立定，扎好马步，气沉丹田，全身的羽毛和肉都好像堆积到了肚子那里，那本来像闪电一样的身子也瞬间变成了一个椭圆小球，然后它开始了，拉了一串长长的，长长的屎。

天变冷了，小鸟们还是那么单薄，只是随着节气，起得稍微晚了点，但一出现，就会放声歌唱，从不见谁瑟瑟缩缩。棕背伯劳不再拉锯了，改唱好听的歌，不过有一次难得碰上它出丑的模样。它在须发飘扬的老人葵上待着，突然看见了什么，收起歌喉，向着草坪冲去。不知道是武士太得意了，还是草坪太滑了，竟然整个身子趴在草地上，像小孩子那样摔倒在地。它愣了一下，大概觉得太没面子啦，左右看看，赶忙起身，没有回到老人葵那里，而是向着一棵凤凰木飞去了。

一向觉得伯劳又酷又冷峻，这下见到它的这个模样差点儿把我笑坏了，原来将士也有萌的一面。

想到其他的小鸟被吃，或者看到这条被踩在石头上的小虫子，我也不觉得伯劳残忍。伯劳的天性也许从幼雏的时候就已开始培养了。育雏的时候，伯劳爸爸和妈妈会采取完全不同的方法：伯劳妈妈会挨个儿喂养小伯劳；而伯劳爸爸呢，把小虫子放在巢穴上方，哪个小伯劳有本事，谁就有虫子吃，从小培养将士气质。

大自然的任何一种活物都有它的双重宿命：吃掉别的生物，同时也被别的生物吞食。就像一条大河，河上蚊虫飞舞，落入水中，鱼儿吃下蚊虫，鸥鸟扎猛子，猎食鱼儿。大鱼吃小鱼，天上还有鱼鹰站在高处，随时准备扑入水里。

伯劳就是吕布，一旦出击，没什么能躲得开。看它在空中飞行的姿势，两爪并拢，直指前方，连叫声也毫不含糊，干脆有力，啾啾、啾啾。

英雄总有温柔的一瞬吧。但我从没见过，倒是经常看到它使

坏。别以为只有鹦鹉、八哥之类才会学各种鸟叫，伯劳的模仿能力绝对不逊色。

第一次发现它的模仿能力，是站在树下听到鸟叫声，我以为那是鹊鸲。结果寻来寻去，附近也只有这只伯劳，看它在木棉树上还继续使坏："织叽织叽"。

我也跟着学起来：织叽织叽。

这回轮到它愣住了，左边看看，右边瞧瞧，带着一肚子的疑惑飞走了。

秋天的大合唱

秋天敞开着。夏季的候鸟飞了回去，很快，冬候鸟就要飞来。而长留在这座树林里的居民：大山雀、红耳鹎、鹊鸲、乌鸫……它们的生活没有改变。

几天前，蓝仙鹟还在这棵桉树上戏要，而现在一只鹊鸲搬到了这里，开始了它的鸣唱。

我们都一样爱着这个小世界，黄牛木伸出小枝丫，和小鸟勾了勾手指头，说好了，谁也不许变。

而现在，叶子落了，树越来越瘦，蝉终于不叫了。

那些被浪费的阳光，直直地穿过树枝，没有一片叶子来留住它们。

这些老水翁这么静，接受了秋，也接受了冬。我不敢轻易踏入厚厚的干草，怕一不小心惊醒一条睡着的蛇。它正蜷在树皮温暖的腹中。

一到十月，白千层的花絮就开始飘下来了。这些小白花絮要飞多远，除了小鸟，谁也不知道。

秋天一到，鸟儿们高兴坏了。要不是来到这一片小树林，我不知它们是这么喜悦。

这一片小树林，低处是狗尾巴草、酢浆草、还有柠檬桉、一棵大叶紫薇、几棵紫荆花。还有一棵老樟树，伸出自己的枝枝节节，把阳光搅碎了，再打到地上。

为了让鸟儿有得吃，大自然让草木结果，让小草结出草籽。大自然注视一根草茎和一只小鸟，都同样带着温柔的神情。

这些受眷顾的鸟儿，红臀鹎、红耳鹎、鹊鸲、乌鸫、喜鹊、画眉、黄腹鹪莺……这会儿在这片不大的杂林中穿来穿去，忙得不行。有几只红耳鹎还差点撞到了我。

它们有的忙着玩落叶，乘着一片金黄的落叶荡秋千；有的忙着在地上吃虫子；有的落在枯枝上唱无人理会的情歌；有的忙着捉迷藏；有的忙着50米竞赛；有的嘴里含着果子……

还有一只白头鹎突然一声尖锐的长鸣，直飞上天，天上的云一朵朵棉花似的，它想着飞上去吃两口吧，它想着把这会儿的快乐也一齐带上天空。

我在紫薇树下，红耳鹎跳到了我的头上啾啾啾，钟摆锤一样前前后后晃来晃去，忙着吃种子，也不会失去平衡。

我仰着头，生怕挡住了它的阳光，我往右边移了移。哪知道它一跳，跳到了离我头顶更近的树枝上。没办法了，我只好让它在我的头顶的树枝上敲锣打鼓。

没一会儿，大合唱开始了，白头鹎先领唱，红耳鹎扯开了嗓子，乌鸫把它的铃铛拨响，画眉飞上凤凰树巅上鸣唱，而黄腹鹪莺怯怯地在草丛里冒出几声配音，麻雀和八哥也跟上了，喜鹊不时喳一声表示很满意，这时候应该还来一声伯劳的拉锯，小鸟们全都出来参加大合唱。斑鸠咕咕叫，八声杜鹃吹着悠长的口哨。

鸟的一生追太阳，逐流水，它们啾啾地唱，运气好的话，云雀可以活上十几年，八哥最多可以有二十年的光阴，而在乌鸫十年的生命中，它每天会勤勤恳恳地扛着小锄头，在地里翻腾。还有更多的鸟儿不过是几年短暂的生命，可能嘴里的小红果还没来得及吞下，说不定天上的老鹰或夜里的猫头鹰忽然就把它们叼了去，更别提那些可怕的枪声和无形的陷阱了。然而，这些鸟儿哪里管得了那么多呢，它们有满肚子的歌要唱出来，它们毫无滞着，无牵无挂。对于小鸟来说，每一天都是好日子。

我想起了卡尔维诺说过的一句话，他相信："鸟不再是一个错误，而是一个真理，世界上唯一的真理。"

tuan In the winter 冬

山中读古书

文字 / 赵雅娴

赵雅娴（女）——作家。骈体文专业研究生。著名的文化新媒体拾文化主编。
前不久的一篇《为什么我们瞧不起土豆》，阅读量近 600 万，评论两万多条。

自先秦至南梁，早熟的中国文学已光耀千年。惜虽星河璀璨，却飘散零落。若能得以集会，必如高天孤月，照彻长空。

是此《文选》，南梁昭明太子萧统所编，又名《昭明文选》。

文学史称，《文选》为现存中国第一部汉族诗文总集。

"现存"二字用得妥帖。这是在告诉我们，《文选》之前，兴许还有更早的，只不得见。中国人爱烧东西，比如烧书、烧房子。《文选》一路，逢凶化吉。

《文选》成书于南梁，本不合时宜。

两晋南北朝，随手抓起一把土或许都掺了尸骨。距上次的大一统已过去 200 年，无人记得中国只有一个皇帝是什么样的，但却不在文景，不在贞观、开元，在只有 55 年寿命的南梁，在终年 31 岁的太子萧统手里，天下尚未一统，文学实现了统一。

一

昭明太子萧统，"美姿貌，善举止"，用那如同范本的一生，慰藉着南梁帝王与百姓对国之储君的全部期待。

公元 501 年，萧统出生。数月后，梁武帝萧衍于建安称帝，册封萧统生母丁令光为贵嫔，萧统为太子，以"德施"字之。德施，他日承我兰陵萧氏江山，勿忘以德施于万民。这是位自出生就坐稳了皇位的太子。

太子勤慧。沈约、刘孝绰、刘勰、陆倕、王筠、周舍、刘苞、庾於陵，梁武帝选天下才俊伴太子左右。三岁通《论语》，五岁背《五经》，九岁于寿安殿讲《孝经》。

太子孝诚。自入主东宫，终日思母，闷闷不乐。武帝感其孝，允太子每五日返永福宫探母。太子不舍，竟居永福宫五日方返东宫。公元526年，母丧。太子大悲，不饮不食。武帝劝之不得，怒："无力承担母丧，是为不孝，有悖圣人道。若因自毁丧命，又置为父于何地？"至母下葬，太子每日饮麦粥一升度日。

太子仁善。宫中内侍手持荆棍驱赶来人清道，太子有问："荆棍打人太重，何不换成小木板？"后门外孩童赌钱，南梁律法，士族聚赌流放，百姓聚赌判刑。太子有问："百姓以私财玩乐，未损国家，何以重刑？"太子性爱山水，与众人乘舟而游，席间提议当有歌女助兴，太子有问："何必丝与竹，山水有清音。"

太子常有问，问出了儒家的至诚、儒家的纯粹和儒家的天真。

然，美德于乱世，不足惜。

昭明太子于南朝，亦不合时宜。

早在太子降生，都城建安便有歌谣："鹿子开（"来子哭"的反语）城门，城门鹿子开，当开复未开，使我心徘徊。城中诸少年，逐欢归去来。"不欢迎太子的人，太多了。

《论语》："邦有道，则仕；邦无道，则可卷而怀之。"太子一生笃信儒家，可惜，儒家没能救了他。

大祸终至。

丁令光逝，萧统选地葬母。另有一卖地人寻得太监俞三副，称自己手中有更好的地，若能抬高价卖予太子，可分利给俞。俞贪恋钱财，告知武帝。武帝应允，太子将地更换。不想后有一江湖术士，言此地风水与太子相冲，需依法破解，否则会折损太子寿命。太子大惊，依术士之法将蜡制成的鹅与其他物件埋于墓地旁。梁武帝大怒，决意一查到底。后终听大臣谏言，不该因此累及太子，方才作罢，只将江湖术士处死。

墓地埋蜡鹅以求增寿，岂不同巫术、法阵一类？太子为自己增添寿数，岂非有意诅咒君王？

其心可诛！

萧统想不通，三岁小儿也知晓的道理，自己竟然不知。山野村妇也不至犯的大错，自己何以会犯。

我萧统乃这天下第一不忠、不义、不孝之人。

太子的世界，顷刻天塌地陷。

中大通三年三月，太子乘画舫采莲，不慎落水，伤及股骨，受惊过度，自此一病不起。病中，太子严令不得将病情上报："我已是不忠不孝之人，何以再为父皇平添烦忧？"一月后，武帝赶至东宫，

太子已去。诀别之面，未能得见。

关于太子游湖的记载，并不见于《梁书》，唯《南史》。后人有疑，何以三月采莲？当日情形，已不复得知，却也无甚重要。重要的是，太子的惶恐、自责和愧疚，到死没能消减半分。

昭明，死于己。

儒家的至善，儒家的纯良，儒家的脆弱。

太子薨，武帝悲，朝野上下为之大震。建安城男女老幼奔至宫门外，哭声满路，四方庶民边疆各族，哭丧不绝。

若当日太子不死，当如何？这个假设，自太子薨逝便未断绝。千百年来，说法不一。唯一种，世人最愿相信：昭明皇帝平定四海，天下一统，自此清平盛世、国泰民安。

但这终究不过是个臆想。便太子当日不死，结果也必与其亲、其弟一般，死于战乱，不得善终。刘宋以来，藩地皇子叛乱不断，兄终弟及，你下我上。

神佛菩萨，终究是眷顾太子的，质本洁来还洁去。

二

太子去了，留下《文选》，给中国文学、中国文人以成全。凭那不足三十岁的赤子之心。

《昭明文选》千古，在一合，一分，一选。

王国维先生道，一代有一代之文学。楚之骚、汉之赋、六代之骈语、唐之诗、宋之词、元之曲，后世无有继者。自先秦风骚至南梁宫体，千百年来佳作名篇无数，却不得一人一书将其分类、筛选、整合。

乱世助好文以出，乱世灭好文于战。多少篇章典籍，只因飘散零落，毁于战火。今日见惯了《全唐文》《全宋词》，想来"总集"者，不过搬东抄西，一拼一凑罢了。殊不知书之于古，实难可贵。若想整合成集，必先藏书万卷，再当群书博览，后以极高修为查遗补缺、去劣存精，终以数人数年之力，逐字抄录成册。乱世当道，太子为编书双目失明。然不足三年，《文选》大成。飘零千余年的中国文学，终于有了归宿。此为"合"。

文当有体，以内容、形式分门别类。今之文体，不过诗歌、散文、小说、戏剧几种。《文选》将所录700篇，以赋、骚、诗、颂、箴、戒、论、铭、诔、赞、诏、诰、教、令、表、奏、笺、记、书、誓、符、檄、吊、祭、悲、哀、答客、指事、篇、辞、引、序、

碑、志、状，分三十六类（今之学者有三十七、三十八、三十九类之说，各成一派），且全部追溯起源，考辨源流，此为"分"。

南朝浮夸、豪奢，世家公子有真才实学者少，不过附庸风雅，致文坛乌烟瘴气。太子誓"略其芜秽，集其清英"，愿以一己之力，为天下正文道，为后世肃文风。

《文选》录文标准，萧统在亲撰《文选序》和给弟弟萧纲《与湘东王书》中言明，"丽而不浮，典而不野"。文者，必有为文之美，词藻丰华、典章成律。故经、史、子三部，若无"义归乎翰藻"者，皆不取。文亦必合雅正之道，不可落入轻靡俗野之流，若不能"有君子之致"，皆不录。为文之美与善，必兼得，不可少其一。

萧统个人对曹植和陶渊明是极为欣赏的，然《文选》录曹植"诗"二十五首，"赋"仅一首《洛神赋》，且排于最末一类。只因在萧统看来，《洛神赋》美则美矣，终不过与宋玉《高唐赋》《神女赋》《登徒子好色赋》一般，个人闲情罢了，无所公，无所正。

陶渊明亦如是，萧统亲撰《陶渊明集序》"余爱嗜其文，不能释手，尚想其德，恨不同时"，竟有了几分追逐偶像的意思，然陶渊明"白璧微瑕，惟在《闲情》一赋……何足摇其笔端？惜哉！亡是可也。"细论来，萧统当是陶渊明的伯乐。陶死后百年，作品无人问津。萧统是第一个正式对陶渊明大加赞赏之人，并将陶遗作辑录成册、撰序。若无萧统，陶渊明兴许就要被错过了。若真那般，中国文人在贬谪、流放中，连采菊见南山的自赎也不能得，太过残忍了。但便厚爱陶公如此，萧统选其文亦是秉公慎行。

后世历代编选总集者，以文章名气而录者有之，以作家名气而录者有之。但真正做到文质皆取，不偏不倚，一心一意者，唯太子。后世若有能匹者，皆习太子而来。此为"选"。

三

《文选》出世，夺四野星华，只取有唐一代来窥。

没有唐代的中国文学，是无法想象的。无李白，中国的月亮和酒便淡了颜色；无杜甫，中国文人的人格会缺少最斑斓的一束，失些底气。"劝君更尽一杯酒，西出阳关无故人""同是天涯沦落人，相逢何必曾相识"。这是中国人的基因，哪怕目不识丁，这也是在骨子里的，剔不出，烧不尽。

此皆不得没有《昭明文选》。《文选》成就了唐代文学，造就了唐人与唐诗。

李世民是个有趣的人，他将政权稳抓在北方关陇士族手中，南人的面白纤弱他是信不过、看不惯的。同时，南方江左文风又让他无比神往，选出一众江左文人围于左右，只为能仿出那被他奉为神作的华丽篇章，结果却不过如闻一多先生所言，写出了一片文学的"皮肤病"。但他口中却偏要喊着文学不得"峻宇雕墙，穷侈极丽"，若如此便是"乱于大道，君子耻之"，信誓旦旦地要以"咸英之曲，变烂漫之音"。这着实让人为难，"初唐四杰"已在边塞蓄势待发，张若虚也为《春江花月夜》蘸好了墨，唐代文学的序章就要奏响，时代却迟迟未给文人指明方向。

幸得有《文选》。李世民欲以文章助教化，萧统选文以雅正为首；李世民偏爱辞藻华丽，《文选》选文以典丽为重。统治者的心口不一，被《文选》轻松化解。

太宗朝，《文选》指点唐人当"文质半取，风骚两挟"。则天朝，《文选》正式为唐人铺出了路。武后当权，大清李姓旧臣，朝中无人可用。先前的科举以明经为重，主治国韬略，再考，选出的仍是李家旧势，科举必当改制。武朝以主考诗赋的进士科为重。世族与寒门一视同仁，《文选》成了唐人的教材、范本、题库。所谓"《文选》烂，秀才半"，狄仁杰、张说、张九龄、姚崇、宋璟、裴度，陈子昂、王维、王昌龄、岑参、白居易、柳宗元、杜牧、李商隐，无一不是学遍《文选》以出。

唐代文人，当感念武后，感念《昭明文选》。

（四）

至于唐诗，只取李杜为例。

有记载李白曾三拟《文选》，皆不满意，悉数焚之，只余《拟恨赋》。李白服过谁呢？唐前他服一个鲍参军，襄阳他服一个孟浩然，黄鹤楼上崔颢的"日暮乡关何处是，烟波江上使人愁"让他放下了笔，昭明的《文选》

让他三拟不及。

再言杜甫。杜诗沉郁，所谓"为人性僻耽佳句，语不惊人死不休"，最琢用字。后人考察，杜诗学鉴《文选》诗共 313 句；直接引用原句，只字不改者两句；改动一字者 26 句；化用《文选》句式者 44 句。元稹夸奖杜甫，也以《文选》诗人为榜，"至于子美（杜甫），盖所谓上薄风骚（《诗经》《楚辞》），下改沈宋（沈佺期、宋之问），言夺苏李（苏武、李陵），气吞曹刘（曹植、刘桢），掩颜谢（颜延之、谢灵运）之孤高，杂徐庾（徐陵、庾信）之流丽"，除沈宋生于萧统后，其他皆为《文选》诗人。

宋人毕竟是比唐人有学问的，宋人自己也有这份自信。至宋，终于有人要批评《文选》了。但并不是朱熹，朱老夫子对《文选》也是恭敬的，"李太白始终学《文选》诗，所以好""杜子美诗好者，亦多是效《文选》诗"。批评《文选》者乃苏轼，也只会是苏轼了：

"舟中读《文选》，恨其编次无法，去取失当"，对于萧统选文，苏轼讽之"此乃小儿强作解事者"。

可惜，他说孟浩然才疏尚可忍，说昭明与《文选》便不得忍。后人张戒驳：

"殊不知《文选》虽昭明所集，非昭明所作。秦汉魏晋，奇丽之文尽在……安可以昭明去取一失而忽之。"

至于当代，日本学者清水凯夫先生提出《文选》为刘孝绰所编，昭明太子并未真正参与。此论一出，国内学者争相以驳。除忠于学术，必有一份情结在其中。

（五）

中国的文人和百姓有一可爱之处，即对钟爱之人，有种近于任性的偏爱。铭记、颂扬、维护，作逸闻传说以锦上添花。

"南朝四百八十寺，多少楼台烟雨中"，传说太子与韦陀菩萨渊源极深。

当年太子至古塘集市视察民情，得遇慧如，二人畅谈佛家精义，可惜一人生于帝王家，一人终生许佛门。慧如相思而终，太子亲种双红豆，题草庵名"红豆庵"。

又传昔日昙花花神游于人间，见一公子日日为昙花浇水除草，心生爱慕，

惹怒玉帝，责花神一年只能开花一刻，又将公子送至灵鹫山出家，赐名韦陀。花神相思不断，得知每年暮春时分韦陀下山为佛祖采集朝露煎茶，便只在暮春时期绽放。可惜韦陀前尘忘却，再不记得花神。所谓"昙花一现，只为韦陀"。

两段逸闻或许千年之后被一个叫曹雪芹的先生听了去，便有了神瑛侍者和绛珠仙草，有了"槛外人妙玉遥叩芳辰""槛内人宝玉熏沐谨拜"。

亦有说当年太子因编书失明，韦陀菩萨化身宝志禅师，日日搀扶太子至洗眼池涤目，太子才复见光明。或说昭明太子便是韦陀菩萨转世。

（六）

当日于文选楼，遇一老者，言当年太子与父生隙，愧疚难当，离宫远游，于文选楼编《文选》。然后世学者考证，太子与父生隙不久便游湖落水，病重身亡，《文选》成书当在"埋蜡鹅"事件致父子生隙之前，而非之后。

又有传，太子一日遇一老者诵《金刚经》，上前问询，老者闭目不答。待诵经完毕，老者俯身而拜："非不敬，只经未读完，不敢中断。"太子想来，经文过长，确有不便，遂于文选楼将《金刚经》分三十二品。然关于此事最早记载见于元末明初，高僧宗泐、如𡸁的《金刚般若波罗蜜经注解》："此经

乃姚秦三藏法师鸠摩罗什所译，分三十二分者，相传为梁昭明太子所立。"此前一千余年，未有关于昭明太子分《金刚经》记载的只言片语，仅此一条，不足信。且《金刚经》自出土于敦煌和房山石经，已分三十二品。

孰是孰非，孰真孰假。

太子在天有灵，解我疑惑。一偶然机会，重读闻一多先生《唐诗杂论》"杜甫"一篇。荷马真有其人？世人疑过，莎翁疑过，屈原疑过，陶渊明也疑过。世人是胆怯的，对于不敢相信的，望尘莫及的，便通说是假的。照此看来，杜甫也有资格是假的。可惜，史书记载铁证如山，定要我们相信杜甫是真实存在的，当真扫兴。

恍然大悟。太子便是真实存在的？他的品格、志向、仁善、高洁、纯真，不足疑？史书何以就可信呢？混沌世道，出一昭明暗淡皎月，不足信，不足信。

想来，昭明便是群山中一棵苍天古杉所化之灵。那一日，古杉取日月灵力，化身为人，遇一幽境，依山而居，成《文选》三十卷留予后人。

书成，踏歌而去，只留漫山古树，一空繁星，还有太子庵一口不涸的老井，屋后那一汪洗眼池。

影像
TUANWU

荡漾山谷的静

文字/安　歌　诗歌/顾阿了

安歌（女）——诗人、作家。著名的人文地理图书《植物记》系列的作者。
顾阿了（女）——摄影师。《拎物》第一期评论爆仓的摄影作品《百合》作者。目前在日本留学。

一

还记得初次见你，
五月的山雨，
将你蒙蒙笼起。

我就在蒙蒙雨中，
凝视你容颜的只言片语。

纷纷的人纷纷而来，
像这雨水落到地上，
汇成河流，
流过你，
你依旧是你。

我知道你在这里。

一、山下寺院旁

前头的人在大步流星地走。

后头就有人喊：啊，你踩着虫子了，很多哪，是刚刚踩死的：一只蛾、一只螳螂……

前头的人停下来返身看，瞧见了，就退后，随着众人小心地走。

还有人在有路灯的路面和昆虫玩，绿的螳螂，在晚间也绿得剔透。人把手伸给它，它抬起"双手"放在人的手指上。一圈子人围着一只会握手的"友好"螳螂边感叹，边拿起手机来拍照。螳螂也配合，一直把前臂搭在那人手上，等拍好玩完，又担心起这在灯下车路上行走的螳螂来：偶或有人、车经过，不要踩到它了吧。与它握过手的人，便拿起它来要移到路边草丛中。人返来，手指却被螳螂咬出了血——这只特立独行的螳螂是怎么想的呢？它只肯平等友好地"握手"，却不肯屈尊受保护被移动？

螳螂，亦称刀螂，属肉食性昆虫。在古希腊，人们将螳螂视为先知，因螳螂前臂举起的样子像祈祷的少女，所以又称之"祷告虫"。——初至山里的晚间，我们便在这只螳螂的"前臂举起"和"肉食性"之间，与此山相遇了。

还有蛾，立在电线杆上，六只、八只、十二只……画似的，但比画好看，因是活物。有一只飞走了，不一会儿，另一只又来添补这图画；便是没有飞走的，也会有一两只找到这柱方形电线杆空隙，停在那儿，翅膀一动不动：它是放弃了翅膀，要来饮这夜间的光？想起徐敬亚写给儿子的诗：地毯上的图案突然逃离大门时 / 你要立刻起身追赶……可是，我不知道是否应该追赶那只逃离的蛾的图案，因为这儿的"图案"更多。

各类的蝈蝈和蟋蟀，在周围草丛、树木中低低地鸣唱着，合奏着，要扬起来，但也不肯扬高；风吹树的声音也是静的，有高的吹过天目山金钱松、银杏、柳杉阔叶和针叶的风，也有低的，吹过竹林的风，更低些，也可吹过灌木禾草。各样的风，吹出的路也不相撞，只吹出草木的沁香；头上是浩浩荡荡的银河，在这银河草木香里，便是人声，听起来也似"不敢高声语，恐惊天上人"夜宿山寺的李白。"你有多深情，世界就有怎样的寂静。"泉子这只有两句的诗《深情》用在这山下寺院旁，也是合宜的吧。

前头林间灌木丛中，有一顶顶的灯光，是从各色的露营的帐篷里发出的。帐篷在远处丛林里，像大蘑菇。突然有一群孩子，三五十个吧，抱着毛巾围巾的、提着小红水桶要去沐浴的，一众人头就在身边眼前了。

踊跃的脸，活泼的小身子，似刚刚从树里头钻出来的精灵，也有着山中林间之气。胡燕华老师的头高过众孩子的头，说这些孩子在山间的自然课堂里，已待了一周了。最小的才四五岁吧，开始不肯在团队里，要结束时，又不肯离开——这纷纷的头，纷纷与我们说着话儿，唤胡燕华：蚂蟥老师。

禅源寺的钟声四点半敲响，荡山漾谷的，也是静；五点钟，寺里和尚的诵经声隐约传来；五点二十分，鸟儿的啼鸣起起落落。

白天夜间，都不曾看到一个僧人的身影。他们似乎敲完钟，诵完经，就隐进这山川林间了。这空气般的存在，当也不会踩到夜间行走在人道上的众昆虫吧。

从生态角度讲，某些昆虫和草木的存在，可标示此地生态链完整，自然环境优越；而人的进入，往往意味着自然生态面临着考验。

二、你在哪里

在山里头，走着走着，人就走散了。有人要拍一株秋海棠，要拍喜欢在林间阴湿峭壁上生长的苴苔；有人看见被蚂蚁蛀空却依然立在那儿的树，要画下来；有人仰望一棵树，脸和天空平行……于是停留在后头的人，便要问前头的人：你在哪里？

前头的人指路：很多大树的地方。

后头的人疑惑：可是到处都有很多大树啊。

可还是找到了，前头人返身，后头的人前进，于是在半途相遇。脚底下是手工凿就的石头古道——这是这会儿最明显的路标。在这条古道建成前，没有网络联系的时候，要寻人，大概不会这样容易吧，于是王维也可以在这山里写诗：空山不见人，但闻人语响。有人讲解这诗，说王维听到人语，因为要弹琴复长啸，所以躲开了。这是讲的人没真正进入过原始深山的林带。在原始丛林里头，从听到人语响，到见到人，可能隔着无数个树林呢。便是听到了人语，有意要去寻，也不一定真能见到人。在海南的黎母山原始雨林倒是有见过的，没有人语，是突然从草木丛里出现在面前的人，告诉我和同伴小瑞：这条小路去的是瀑布群，要返回前头的岔路口，有一条可以去黎母庙的路，在黎母庙里可以求得好婚姻。听他说话，在远处瀑布声，近处虫鸣鸟啼的山里头，也似空谷传音。说完，人一转身，就寻不到了。

但是还要再难些："高峰原妙禅师便遁于西天目师子岩隐修。此地壁立千仞，崖石林立。原妙禅师于中经营了一洞室，进退丈余许，名曰'死关'。他将侍者打发走了，以破瓮为铛，日中一食。要进入他隐修的洞室，必须借助梯子。所以一般人是找不到他的，即便是他的弟子也难得见他一面。"如

此"不越户达十五年之久"：原妙禅师闭关不出。因此，自非通关具眼者，莫不望崖而退。后来，原妙禅师的弟子发动信众，就在他隐居地附近，创建了师子禅院，请他出来开堂说法。——从这些描述可以估计，我们脚下的古石道，当是一段段修成的，也是香客僧人的心意一石一石的延伸。于是南宋那会儿高峰原妙禅师的悬空洞室，便在此刻我们彼此相逢的古石路不远处。

前头在古石路上还遇见一块窄木牌子，小树般细高地立于林间，上有绿字嵌进里头：人依生老病死，物依成往坏空，生生灭灭依循不变。牌子周围有高耸的树，高树底下的坏死折断的小树，并没有人来收拾，也便是生生灭灭依循不变吧。有人问：为什么倒下的多是小树呢？依寻常观念，小树都当成长苗壮，成往坏空当是大树的责任。但在原始森林里却不是这样。在这里，果落自然出苗成树，往往不顾疏密，种子落在哪里，便发了出来。发出来后便在脚下努力争取泥土，在上头努力争取阳光。得着光的常常也是争得泥土的——向上发展，向下盘旋，

清晨山寺有钟声。

我只是听说，
未曾听到过。
你要嘲笑我起得迟，
那我就吐吐舌头。

你呢？
你是否会在黑夜里入睡，
又是否会在白昼时醒来？

冬天下雪你变成白色，
他们说那是你盖了被子。

三

第二夜，
走在林间路上，
没有城市的灯光，
希望仅有的路灯也熄灭了

想完整地走入你黑暗的怀抱里。
它是如此深厚温柔，
万物在那里呼吸，
在银河里，
洗涤眼睛。

是树的生存哲学。成功者便可以用树冠接着初发的阳光，越生越高，越生越旺。于是也挡着了低矮树丛的阳光，同时根系也盘剥了它们的土壤。小树折断，进入了大树的生生灭灭依循不变里头：倒下的腐木和腐叶一起成了它的营养——自然便是一片叶子也不会浪费的。而此山里，三人以上才可以合抱的大树就有 400余株，它们大概都接到了这信：突然有人发现了美，发现了我，不，请你为我发现美洲！——茨维塔耶娃致帕斯捷尔纳克（1926年 5 月 22 日 星期六）。但是接到此信的，大约也不单是大树，草本的花儿或也是收信者：它不放过一小丛林间路旁的阳光空隙，甚至树不能生长的突兀的峭壁、林立的怪石，也被它们开发成家园，虽则不过一株两株，最多四五六株，也幽幽地开出花朵来。还有直接从地底钻出的三五片银杏的绿叶呢，抬头看，却寻见它的母株："中生代子遗植物

野生银杏，被誉为'活化石'。该物种全球仅在天目山有天然的野生状态林。银杏自然景观有'五代同堂''子孙满堂'等"——在如此的生态环境里，我瞧见的这三五片地底生出的银杏叶，在这山中地下，自有与它母株相握的地方吧。

可这一块块渐行渐远的，终点在高峰禅师悬空洞室处，似已长进树根里的石头是从哪儿来的呢？除了在高峰禅师洞室周边，看到有悬空的石壁外，其他地方并无太多明显的可以铺展成路的石头。但古石路却一石石地在脚下分明存在着，每块石头在此相逢前，都是有各自的峭壁故事的吧？来到这儿低身成路，则进入了另一个故事——它们不讲给我听，但看过与行过，也可以听：石块路整体是凹凸不平的，石头的表面已被行人的脚步磨得平滑了，被高低错落的香果树、领春木、连香树、银鹊树和银杏树的影子斑驳着。偶或有一丛油点草

傍它开着，一注溪流从旁侧石缝里流出来，油褐色的石与溪各自闪着光，要让人进到一个词里头：心若磐石。

想必建这路的时候，也常常是空山人语响的吧。这样的古石路，从禅源寺到仙人顶，全长5068 米（俗称 17 华里），宽为 1.8米，落差 1166 米。上山 3250 米（俗称 10 华里）处，是开山老殿，为全山中心……这些数字，是清代的记载，而此山佛事开创于东晋，距今 1600 年。那会儿就当有上山的路了。可那会儿的路，是这些石头吗？想自东晋至清代，一石一石手工凿石的匠人们，伴着头上的树影，身侧的网纹草，心里也静了下来，似乎可以放下很多事情，单单走走这古石路，或遇王维来写诗，或遇香客来朝拜，或只听听人语，都是鸟石相逢。

谨遵祖钦禅师师旨："从今日去，也不要你学佛学法，也不要你穷古穷今，但只饥来吃饭，

困来打眠。才眠觉来，却抖擞精神，我者一觉，主人公毕竟在什么处安身立命？"入张公洞闭死关修行的高峰原妙禅师，大约也不会料到，正是他和众多修行者和香客行在这古石路上的脚踪，保护了这片山林生态链的完整。

却有一只黛眼蝶纠缠着终南山来的冬子不放，要缭绕他，还要立他手上。他也任它立着，自己径自向前走。这山里的昆虫似比修行人还要缠绵，大约还能闻到它山之气，要特别打个招呼。

三、我们一直在山里

懂缠绵的不只是蝴蝶、螳螂，还有唤胡燕华为蚂蟥老师的孩子们。

这些在城市里长大的孩子在老师的扶助下，蒙着眼睛用身心去体贴溪流、石头……听鸟翅振过树丛的声音，观风和帐篷上头星空滴落的明亮，睡在壮观的银河之流的身体里，看细小的昆虫们的腿上的绒毛，触角的抖动，眼睛和复眼的位置作用……这些体验，也会流进他们身体的溪流里的吧？将来，又会化成怎样的鸟石相逢的故事呢？

夜路上遇着自然课堂的胡燕华老师，疑惑他为什么会让孩子叫他蚂蟥老师？

他说：孩子们在丛林里进行野外训练时，最害怕的虫子就是吸人血的蚂蟥，于是他就取了这个名字让孩子们叫，并以"蚂蟥"身份表示：中文学名叫水蛭的蚂蟥，遇见你，吸了你的血，便也以这种方式参与了你的生命，你也以这种方式参与了它的生命——它携带你的一部分，替你进入山川林间。这样身体力行的自然教育，通过蚂蟥老师简单的几句话，顿时让人有与万物同流、各自解甲归田之感。我看银河，虽则站在整个宇宙二流星系里的一个不起眼的名叫地球的球体飞速旋转里，作为其中看不见的一个点，但也感觉与整个宇宙静止的舞蹈有了关联，可以像顾城那样写："我曾像鸟一样飞翔，用翅膀去抚摸天空，我曾像树枝一样摇动，像水草一样沉浸在透明的梦中；我曾经是男孩，也是女孩，是金属，也是河流，是阵阵芳香在春天里的流动。我曾经是，所以现在也是，我感到了自身在万物中无尽流变的光明。"

回海口来才打开信箱看，有写《深情》的诗人泉子的信：天目山离我这里很近，如果在杭州停留一定联系我。

我们一直在山里，但有些山水、有些人便是隔着千山万水也离得不远。

四

傍晚回家时路过你的溪谷。

今夏缺雨,
谷里只有溪的痕迹。

夕阳还剩一点,
落在干燥的石床上。
我凝视着它,
宛如最后的潮水退去。

蝉声嘹亮,
而我的喉咙干渴,
无法出声。

五

"我们可以到达更深的地方吗？"
"可以的。"

你让我停下来，
把手放在你的脊背上。

林中时见鹿

插画 / 三水

三水（女）——插画家。负责我们此行的山行速写。

器之初

TUANWU

那位令我日夜思念的人儿啊

文字 / 程璧

程璧（女）——旅日音乐人，独立民谣女歌手、摄影师。曾获"华语金曲奖音乐盛典年度最佳国语女新人奖"。

《冲绳民谣》的灵感来自两年前的夏天，由我的日本音乐朋友沟吕木奏先写出旋律。他使用的是古典吉他，模仿三味线的韵味。后来我为曲填词，带回国内，交由莫西子诗配器编曲。我的直觉是，莫西子诗来自大山，出身少数民族，与冲绳音乐相遇，会碰撞出火花。

歌词的中文意思是：

清晨到来，
鸟儿鸣叫，
这里是我的家。
山之音，
川之景，
让人心生眷恋。

那位令我日夜思念的人儿啊，

你究竟在哪里呢？
不知不觉间，
日子走远，
只剩一首歌。

听过岛歌的人，一定知道夏川里美这个名字。在冲绳民俗里面，刚刚诞生的婴儿被看作是神的孩子。她的一首《童神》，曲调柔美，令人沉醉，被无数人翻唱。另外一位就是中孝介，他的岛式唱腔令人耳目一新，成功地把东方元素融入现代流行曲调，时尚而前卫，为大批年轻人所喜爱。还有我钟爱的一位日本女歌者 Cocco，她本人即是冲绳岛出身，音域宽广而自由。

我的这首歌，里面设定了一位女主人公，她既歌唱自己的家乡冲绳岛，又诉说着一段遗憾的爱恋。就像是沈从文《边城》的女主人公，充满了再也见不到心爱的人的忧伤。青山绿水，葱茏而浓郁的旧时岁月，却再也找不回的伤感。这样的故事，会发生在世界上的每一个角落。无论是大陆中原地区里的深山村落，还是在大洋彼岸被茫茫大海包围的零星孤岛。

在编曲乐器的选择上，除了常见的吉他、大提琴，还有充满东方美感的元素：风铃、尺八、三味线和太鼓。

风铃，是属于夏日的物件。岛上的海风吹过房檐，还没进到屋内，就被风铃捕捉到了，叮当作响。炎热的夏日也因为这清脆的声音变得凉爽。这也是古老的日本和室喜欢装饰风铃的原因。乐曲开头只有两声风铃引入，时节和场景，由你来想象。

尺八，中国乐器，因一般管长为一尺八寸而得名。发源于我国东汉时期，隋唐时期成为主要的宫廷乐器，宋代由遣唐使传入日本。然而，由于宋朝社会动荡和元朝少数民族统治中原，导致文化断层，尺八在我国早已失传。在日本，尺八却因为它独特的漏气音和不规律性，恰好符合日本禅宗艺术里面"枯淡简素，一期一会"的审美要求，像花道、茶道一样，广为流传，并形成了"琴古流""都山流""明暗对山流"等多家流派。

提到"漏气音"，这是我认为尺八区别于任何一门吹奏乐器、最代表东方式审美的地方。一般的乐器演奏，求的是精准完美。比如笛声，固然悦耳，但它常常太完美。而吹奏尺八的时候，无法避免的漏气声，决定了每一次吹奏都是新的，无法重复同样的音律。因此演奏者求的不是精准，而是听从内心，"以心传心，鸣者自鸣"。这便是完全区别于西方缜密的审美逻辑要求的独特的东方式审美。

就像茶道大师千利休所使用的茶器，一定不是白瓷，而是粗釉。唯一的纹样，是釉彩在初初涂抹上后自然流淌出的样子。是啊，真实的生活，怎么会像那优美的笛声、那精致的白瓷一样完美？尺八感人的地方，就是它恰是真实生活的样貌。不完美和缺憾，成就了它的独特韵味。

　　三味线和太鼓。常常有人会疑惑，三味线和中国的三弦太像了吧？太鼓和中国的大鼓又有什么区别？是的，他们都是早期源自中国的乐器，后来经过岁月洗礼，细部构造和演奏方式因地域审美差异，变化脱胎成岛国邦乐常用乐器。我的直观感受是，三味线在使用上多用岛国声阶——压倒性的 Fa 音和 Si 音的使用。而太鼓咚咚的节奏型直接就来自"祭日"（Matsuri）时候的样貌。

　　有关"祭日"，虽然汉字是写一个祭祀的"祭"字，却是日本的传统祝日，是庆贺的日子。一年前，我在无印良品艺术总监原研哉设计室工作，走过一条街就是著名的银座步行街，满街都是世界名牌旗舰店，却依然可以见到周末举办"祭日"的人群。扛着"御神舆"（Omikosi），就是传说神会降临的轿子，一丝不苟地喊着号子，穿过中央街道。传统民俗，就这么自然地与现代接轨。

有盏乃宝

文字／祝赫

祝赫（女）——茶器研究者，生于 1985 年，现居邯郸。

曜变一词原意为"窑变""容变"。15世纪前后，人们开始用含有"星""辉"之意的"曜"字来命名。日本人将从中国带回去的几只茶碗取名为曜变天目，非常诗意而又神秘的名字，并且视为国宝。天目盏究竟拥有怎样的美让日本人将它视为国宝？日本人又为何对天目盏如此情有独钟？这篇文章作者会跟大家一起聊聊关于天目盏以及日本人的情愫。

日本东京静嘉堂文库美术馆藏曜变建盏

口径：12cm

高度：6.8cm

足径：3.8cm

重量：284g

等级：国宝（1951 年认定）

也许很多人都会以为天目盏就是建盏，其实建盏和天目盏是有区别的。建盏是用福建南平地区一带含铁量较高的红土为胎底，含铁量高的釉料为着色剂，经高温还原烧制而成的黑釉系茶碗。而天目釉系列的茶碗，则氧化烧和还原烧并存，且含铁量也较低，从胎底能明显看出与建盏含铁量的区别。据史料记载，在日本镰仓时代（12世纪末—14世纪），到我国浙江省天目山佛寺留学的日本僧侣们，曾带回天目山的茶碗，天目这个名称由此得名。后来，日本人将很多黑釉系的茶碗都称为天目盏，甚至于一些并不是黑釉系的茶碗也称为天目盏。也许在日本人的眼中，"天目盏"是对一个茶盏最高级别的称呼，因为日本是一个极重视等级制度的国家。我个人理解，建盏属于天目盏的一种，但是天目盏并不等同于建盏，就好像龙井茶并不等同于西湖龙井一样。

建盏是有地理标志范围的，而天目盏则没有，但建盏应该是天目系列茶盏最负盛名的品种。

记得前年在北京，那时候建盏在北方特别火，马连道几乎一整个街道凡是卖茶器的店都有建盏，从20元到2000元不等，甚至于更多，且每家都说自己的好。基于这种景象，我完全没有想入手一只盏的冲动，总觉得跟风去玩的东西必然已变质，而且那时候心里对这个黑乎乎的茶碗也并不是怎么喜欢。后来无意间在书上看到了收藏在日本的那只曜变天目盏，那一瞬间我的心脏好似停拍了几秒钟，它的美是那么摄人心魄，让人看一眼便无法忘记，那些闪耀着蓝色光韵的斑点就像是宇宙中的一颗颗神秘的星球一般。日本古籍《君台观左右帐记》曾记载："曜变，建盏之无上神品，乃世上罕见之物，其地黑，有小儿薄之星斑，围绕之玉白色

晕，美如织锦，万匹之物也。"这种曜变天目在世界陶瓷史上也被尊为至高无上的珍品，因为是从数十万个或上百万个黑釉中偶然产生的稀有品种，因是自然的窑变所形成，绝非人为预先设定而弥足罕见。而且据有关资料记载，曜变天目在中国早已失传，目前仅在日本存有四只宋代天目茶碗，这样的空前绝后更突显了它的宝贵。这样说也就不难理解为什么日本人会将一只从外国带回去的的盏奉为国宝，且不说它的偶得性是多么的珍贵，单就它的美来说，似乎是将大自然的万千宠爱集于一身，却不矫揉造作，美的那么超凡脱俗，那么摄人心魄。

仔细想来日本人对器物的追求像极了中国的禅宗精神。天目盏只是物质本身的材质经过火的淬炼而形成的茶碗，没有任何外在的修饰，它的美就是器物本身

日本京都大德寺龙光院藏曜变建盏

口径：12.1cm

高度：6.6cm

足径：3.8cm

等级：国宝（1951 年认定）

由内而外的美，没有人为的雕琢，这样说来好像不难理解为何日本禅僧会将这些黑漆漆的茶碗从天目山带回去并视为珍宝。这种内敛而深沉的颜色亦或是略显粗糙的表面，却是他们作为禅修者最好的媒介。他们通过对器物日复一日的滋养，起初的粗糙慢慢变得圆润光滑，而器物本身也在时光的变迁中渐渐有了自己的味道。就像我们的人生一样，在岁月的打磨下，渐渐地失去了棱角，但心却变得愈发柔软，也愈发坚定，从而散发出独特的魅力，也会逐渐明白人性本身的真善美，就像禅宗的精神：自然——内在——超越。

突然想到了最近看的一本关于日本器物的书中的一句话"刻意做出的完美最无趣"。器物一定是在我们不断地使用过程中才会慢慢散发出独一无二的美，才会由当初的不完美渐渐变得愈发完美。所以对于现在一些新的盏，我总提不起兴致，总觉得过于的生硬和刻意，似乎少了些许中国人骨子里的谦卑。也许是我看得太少，也太过于迟钝吧！当看到那些宋代的盏上似有似无却又好像很清晰的纹理，我才觉得那里富含了中国文人对美的追求和理解，有诗意，有意境，既需要想象力，也需要一颗平静的心，方能体会的一种美。这种美里有中国人骨子里的谦卑和中庸，还有造物者心底的温柔。日本人觉得精神是一切，而且是永久的，而物质虽是必需的，却是次要的，而且会渐行渐灭。或许正是这样的思想，让日本的匠人无论条件多么恶劣，生活多么贫瘠，依然对器物保持着最初的那一份心意和执着。

想起曾在马未都老师的书里看到过这样一个小故事，日本人来到被视为国宝的曜变天目盏前，先弯腰鞠个躬，端着的时候都小心翼翼，跟我们的态度完全不一样。马老师说他当时看到这一幕的时候觉得特别感动。我们可能因为家大业大，太富有了，所以拿什么都不当回事，对这些东西的理解也不够深；而日本由于地域偏狭，过去的文化都是外来的，所以对文化反而特别尊重。这点值得我们学习。有时跟朋友在一起喝茶聊天的时候谈到茶道、瓷器等中国的传统文化，发现我们现在对传统文化的感情越来越淡，尊重也少了，传承力也弱了很多。自己以前小的时候也总觉得外面的东西好，不明白为什么那么多外国人要来中国学习，但随着年龄的增长以及对中国传统文化艺术的学习，越来越觉得老祖宗给我们留下了太多的财富和宝藏，我们古老的文明和技艺都是这个世界上最美最棒的东西。它们在岁月的轮回中向我们展示出中国古代文化艺术的精髓和造物者内心的执着和信念，而我们应该在历经流年变迁的过程中，守住一颗心，不让这些老祖宗的文化淹没在年年岁岁的时间大潮中。

日本藤田美术馆藏曜变天目

口径：12.2 ～ 12.3cm

高度：6.8cm

足径：3.8cm

等级：国宝（1953 年认定）

你不能

理解的

远的

TUANWU

猫诗话

文字 / 范晔

> 在夏日森林的夜晚，林中的小兽与灵物，
> 幻化为一只从寺院里出来的经过窗前的猫。

范晔——作家、翻译家。马尔克斯《百年孤独》、塞尔努达《致未来的的诗人》翻译者。

● 世上好诗无非猫诗。不是写猫的诗，就是猫一般的诗。

1

● 猫诗有豪放派。史蒂文斯一言以蔽之：

2

"巨猫必须强势地站在阳光里。"
"火焰似的烧红，在深夜的莽丛。"（徐志摩译）

是布莱克的大猫。

"强韧的脚步迈着柔软的步容，
步容在这极小的圈中旋转，
仿佛力之舞围绕着一个中心，
在中心一个伟大的意志昏眩。"（冯至译）

是里尔克的大猫。豪放而不粗鲁，堪称猫诗佳作。

● 猫诗有婉约派。吾友清心阁主人亦猫奴中人，为我搜罗日文猫诗并提供汉译，

3

奇文共赏。小林一茶的猫俳句，清新可喜：

蒲公英（たんぽぽ）の天窓（あたま）はりつつ猫の恋（头顶蒲公英，猫之恋）
鼻先に飯粒つけて猫の恋（鼻尖沾饭粒，猫之恋）
猫の子が　手でおとす也（なり）　耳の雪（小猫崽，抬爪扫落，耳上雪）

4

● 猫诗另有格物致知一派。有日本古歌谣:

六つ丸く　五七卵に　四つ八つは　柿の核なり　九つは針
（六圆，五七卵，四八柿核，九成针）

大意是说:猫的瞳孔早晨六点是圆的,上午八点和下午四点是鸡蛋形的,
上午十点和下午两点如柿子核,正午则细如针。此说应源自苏轼《物类
相感志》:"猫儿眼知时,有歌云:子午线,卯酉圆,寅申巳亥银杏样,
辰戌丑未侧如钱。"另见清王初桐《猫乘》:"《易经存疑》:猫儿眼
中黑睛,一日随十二时改变。其歌曰:子午线分卯酉圆,寅申巳亥如枣核,
辰戌丑未杏仁全。消息之理最明白,此见造化之妙处。"

5

● 猫诗有玄学派。《老虎的金黄》让全世界都知道博尔赫斯是大猫爱好
者。"上帝造猫为了满足我们抚摸老虎的欲望。"波德莱尔的这句话一
定让博尔赫斯这位阿根廷的盲诗人心有戚戚。他以抚摸猫背来抚摸历史,
辨识永恒的斑纹(或交叉分岔小径)无须眼睛。

比恒河或者日落还要遥远。
你的脊背容忍了我的手

慢条斯里地抚摸。
你,自从早已遗忘的永恒,
已经允许人们犹疑的手抚爱。

你在另一个时代。
你是像梦一般隔绝区域的主宰。

● 阳光，茉莉花香，黄绢衣服，恶之花（Fleurs du Mal），然后就是
嫩手的抚摸了……

芥川龙之介的这篇《波斯猫》算什么派好呢？

6

● 悼亡猫诗，无过于夏目漱石为《吾辈是猫》的原型猫题写的墓志铭：

この下に稲妻起こる宵あらん（这里无夜间闪电）

7

● 好诗如灵猫捕鼠，拟无不中，一击奏功，寸铁杀人。比如西班牙诗人
安赫尔·冈萨雷斯（Ángel González）的这一首诗：

没有什么不变，没有什么能长久。
除了，历史和我家乡的血肠：
这两样都要用血来做，都不断重复。

8

● 诗不可无风骨。茨维塔耶娃（ЦBeTaeBa）有《猫》诗云：

9

这真好笑，诗人，你不会这样说，
我们要驯服它们是多么不易。
它们不会扮演奴仆的角色：
猫的心不会服从！（王家新译）

猫的心不会服从！——不肯摧眉折腰之诗人同来看此句，当浮一大白。

127

10

● "夜阑卧听风吹雨，铁马冰河入梦来"是陆放翁脍炙人口的名句，但《十一月四日风雨大作》本是两首，"僵卧孤村不自哀"之前还有：

风卷江湖雨暗村，四山声作海涛翻。
溪柴火软蛮毡暖，我与狸奴不出门。

"尚思为国戍轮台"应是抱猫时所吟，爱国诗人原是爱猫人。不知怎的，感觉亲近了许多。

11

● 拉蒙·戈麦斯·德拉·塞尔纳（Ramon Gomezdela Serna）说：猫认为月亮是一碟牛奶。他似乎太过低估猫的想象力了。猫在想什么，这一千古难题才配得上半人半猫的斯芬克斯的终极提问。古巴女诗人杜尔采·玛利亚·洛伊纳茨（Dulce María Loynaz）的小诗让我们坚信，主人公是猫版的玛丽·雪莱，而我们都是它的弗兰肯斯坦：

这只黑猫盯着，
我火红的小心脏，
在它的玻璃鱼缸里……

● 猫诗有风雅颂。西班牙诗人翁布拉尔（Francisco Umbral）赞美一切猫，因为他们有"中华智者的东方美"。

12

● 聂鲁达的《猫颂》是必须引用的：

13

动物都不完美。
猫，
只有猫，
一出现就完全且高傲：
从诞生就毫无瑕疵，
独来独往并知道自己要什么。

人想成为鱼和鸟，
蛇想长翅膀，
狗是迷失的狮子，
工程师想当诗人，
苍蝇学习要成为燕子，
诗人努力模仿苍蝇，
但猫，
只想做猫……

14

● 赞颂一只猫是对诗人的终极试炼。词语魔术师聂鲁达毫不吝惜各色比喻修辞，除了"具备船身的线条"这样对他来说最高级的赞誉外，仍嫌不足：

噢，无疆土的
小小帝王，
无祖国的征服者。
迷你的沙龙之虎，新婚的苏丹，
来自以爱欲为瓦的天国……

15

●《猫颂》几乎不可避免地写成了一首宗教诗：

当你经过，
将精巧的四足落在地面，
嗅着，
质疑着尘世的一切。
因为一切都是俗物，
在纯洁无玷的猫足下。

16

● 论猫诗的教诲功能——可以兴，可以观。如斯神圣造物，引导我们学习谦卑的智慧：

人们自以为是猫的主人，所有者，
同伴，学生或朋友，
我不。
我不能苟同。
我不了解猫。
我知晓一切，生命及其群岛，
但我无法破译一只猫。

17

● 猫诗证史，以猫为鉴，可以正史观，可以观兴亡，可以合天倪。胡君续冬有《白猫脱脱迷失》，此迷失非彼迷失，流水今日，明月前身：

公元 568 年，一个粟特人
从库思老一世的萨珊王朝
来到室点密的西突厥，
给一支呼罗珊商队当向导。
在疲惫的伊犁河畔，
他看见一只白猫蹲伏于夜色中，
像一片怛逻斯的雪，四周是
干净的草地和友善的黑暗。
他看见白猫身上有好几个世界
在安静地旋转，箭镞、血光、
屠城的哭喊都消失在它白色的旋涡中。
几分钟之后，他放弃了他的摩尼教信仰。

一千四百三十九年之后，
在夜归的途中，我和妻子
也看见了一只白猫，
约莫有三个月大，
小而有尊严地，

在蔚秀园干涸的池塘边溜达，
像一个前朝的世子，
穿过灯影中的时空，回到故园，
来巡视它模糊而高贵的记忆。
它不躲避我们的抚摸，
但也不屑于我们的喵喵学语，
隔着一片树叶、一朵花或是
一阵有礼貌的夜风，
它兀自嗅着好几个世界的气息。
它试图用流水一般的眼神
告诉我们什么，但最终它还是
像流水一样弃我们而去。
我们认定它去了公元 1382 年
的白帐汗国，我们管它叫
脱脱迷失，它要连夜赶过去
征服钦察汗，治理俄罗斯。

18

● 好诗取神象外，无迹可寻。羚羊挂角，天马绝尘，不足以形
容者，应如翁布拉尔：

> 雌猫晃动尾巴，
> 天鹅绒的雷达，
> 操控身后的黑夜。

19

● 诗贵含蓄。就像猫在被爱抚时一副无辜的样子，像翁布拉尔
的猫，藏起利爪"好像女王藏起匕首"。

20

● 猫诗有有猫之境。有猫之境，以猫观物，故物皆着猫
之色彩。如翁布拉尔的《雌猫和雪》：

我的猫在看雪，
她看见的是一只大白猫。
她看见的是一只雪花猫。
她看见
雪温柔的抓挠，
大猫精巧的爪子。

一只冰冷的猫，
神秘的猫，
从天空的平台而来，
来自没有老鼠的房顶，
雪柔软纯洁的脚印，
带着猫的尾巴，他的千条尾巴
和这双猫的眼睛，
雪观看我们的生命。
新来的猫，巨大的猫，
手脚洁白轻巧，
美丽，会融化的猫。
你吓着了我的猫，
或者让她感到无聊，
就像纯洁最后总让人无聊。

21

● 猫诗有无猫之境。无猫之境，即物即猫，非我非猫，不知何者为我，何者为猫。西班牙诗人海梅·席勒斯（Jaime Siles）赋得《北京故宫》：

木为柱，
远古漆红，
仿佛时间之血
无尽旋转。

在一重重
漫长迟缓的屋檐下，
只有一个囚徒，
被畏惧他的人
称之为皇帝。

我整整一生，
就像这座宫殿：
其中唯一的禁地，
正是我自己。

本诗完全可以献给紫禁城一品镇殿灵猫，人称武英殿小白的那位。（那天去故宫看画展时见到了好几只流浪猫，其中一只神情依稀相似。）

22

●另有一种猫诗。比如这首《在海滩》：

在细沙上，
我要盖座城堡。

等涨水的时候，
送给海潮。

她会对我说：谢谢！
我就说：不客气！
她会在城堡里
留下一条鱼。

在细沙上，
我要盖座城堡。

诗作者署名为迭戈·迪亚斯·耶罗（Diego Díaz Hierro）。
但我们一看就知道，这分明是猫写的。

23

● 另有一种猫诗，比如这首《我在海底》：

在海底的深处，
有玻璃的家。

朝向一条
珊瑚的街。

一尾金色的大鱼，
五点钟来和我打招呼。

给我带来
红色的枝，
珊瑚的花。

我睡在一张
比海蓝一点儿的床。

一只章鱼，
隔着玻璃冲我挤眼睛。

在环绕我的绿色森林，
——叮咚……叮当——
摇曳歌唱，
是海妖女
水蓝色的珠光。

在我头顶上燃烧，
黄昏时
海耸起的芒。

作者是阿根廷诗人阿尔丰希娜·斯托尔妮。智利作家波拉尼奥在《护身符》中预言她有可能在2050 年将转世托生为猫或海狮。我想不是没有理由的：这一首分明是猫在梦中写的诗。我不确定的是哪一只猫写下了这些猫诗话。

● 见过猫如临大敌地对抗自己的尾巴，坚定不移地要钻进明显小于自身的箱子，一本正经地调皮捣蛋。对此我曾感到一丝困惑，直到读了巴西诗人曼努埃尔·德·巴罗斯（Manoel de Barros）的《用筛子盛水的男孩》（闵雪飞译）：

我有一本书，关于水与孩子。
我尤其喜欢一个男孩，
他用筛子去盛水。

母亲告诉他，用筛子盛水，
就仿佛是偷走一缕清风，
跑去拿给哥哥们看。

母亲告诉他，
这就仿佛在水中捞月，
从皮包中变出鱼。

男孩没有目的，
他想在露水之上，
竖起一座房子的支柱。

妈妈注意到，
这个孩子更喜爱空，而不是满。
他说，空更广大，以至无穷。

时间流逝，
这个孩子变得忧心忡忡，怪里怪气，
因为他喜欢用筛子盛水。

24

时间流逝，
他发现写作就仿佛
用筛子去盛水。

那个孩子看到
在写作中，
他可以同时成为修女、修士与乞丐。

孩子学会了使用词语。
他发现可以用词语调皮捣蛋，
便开始了调皮捣蛋。

他投下一阵雨，可以改变整个下午。
孩子创造着奇迹，
甚至让石头开出了花。

母亲温柔地注视着孩子。
母亲说：我的孩子，你会成为诗人！
你一辈子都将用筛子去盛水。

你将用你的调皮捣蛋将虚无填满，
因为你毫无目的，
很多人会爱上你。

　　"因为你毫无目的，很多人会爱上你。"——事情果然这样发生了：爱上猫及诗歌。

烧 烽 蓬

文字 / 陈伟宏

陈伟宏——散文作家，浙江《天目》散文杂志主编。

●

　　我外公20岁时从安庆逃荒来到天目山脚，找了一块荒坡地，搭了个茅草棚子，落脚下来。外公个子不高，但聪明勤劳。他爱上了当地的富户女儿，即我的外婆。年轻时外婆个子高挑，白白净净。老外婆气得在床上躺了三天，一把笤帚把我的外婆扫出了家门。

　　从此，外公外婆在小山坞里过着世外桃源般的生活：他们在向阳的山坡放羊，在深山老林砍柴，在小山溪捉鱼……这样的甜蜜日子持续几年后，随着我的舅舅娘姨们的降临，生活变得窘迫起来。

　　有一日，小山坞里路过一位化缘的和尚，由此翻山越岭，口渴了，来外公家讨水喝。外婆捧出六月霜茶，又从锅里拿来番薯给和尚充饥。和尚自称是禅源寺的僧人，临走时，他给外公指了条出路，可去天目山禅源寺帮助打些短工贴补家用。

　　那时的禅源寺香火极旺，虽有几百位僧人，但每遇春秋两季的"福佑潜城"水陆法会和除夕烧烽蓬祈福活动，还需要周围山民去做帮工。外公年轻时候有力气，他脚上穿一双外婆熬夜缝制的山袜，套上草鞋，"噔

噔噔"脚下生风，只一个小时光景，就翻越一座大山到寺庙了。

入了秋，外公腰后背系一把砍刀，跟着寺庙的僧人上天目山砍毛竹。傍晚，外公肩扛几枝粗长的毛竹从古道走下来，竹稍拖着石子哗哗响，夕阳从茂密的森林间隙照射下来，外公黝黑油亮的脸上汗珠啪啪往下掉。

这些砍来的毛竹一排排地堆放在寺院的一角，在太阳底下晒干。到了除夕晚上，就可以用作烧烽蓬了。

我十几岁时正月里去外公家拜年，听外公讲得最多的是禅源寺烧烽蓬的事。

那个时候，大山里天寒地冻，外面往往是雪花飘飘，而外公的泥墙房里却暖如夏天。一大家子人挤在厢房里，围坐在火炉旁。火炉四周由老砖砌成，

火炉里一个老柴疙瘩烧得旺旺的，火炉上悬着一只焦黑的烧水壶，吱吱地冒着热气。

那时，外公上了年纪，脸上的皱纹像山里的老松树皮。他伸出一双粗糙的手摊在火炉上烘，断断续续地跟我们小辈讲烧烽蓬的故事。

"那个场面热闹啊！一大堆毛竹噼里啪啦烧起来，火光冲天，哎，有几百个和尚在念着佛经。烽蓬烧好后，围着的老百姓就上去抢炭花……"

我们小孩子听过几遍了，就急着催促外公讲下去。

"外公外公，不是还有佛手香羹吗？"

"噢，那个佛手香羹啊，真是甜！真是香！"外公故意朝我们笑，脸上的皱纹聚集在一起。

我们小孩照例是哑着嘴巴，吞咽着口水，眼巴巴地想象着佛手香羹的味道。

茫茫天目大山，原始森林，深壑幽谷。民间流传着许多神秘的事物。

天目山烧烽蓬祈福活动由来已久。听老辈人讲，明朝万历年间，於潜地方夏秋三月无雨，五谷皆枯，民以食草根树皮度日。地方府吏号召百姓养蚕，不料，养蚕业又遭遇接连不断的瘟疫。听说竹炭可作蚕花，预防瘟疫。但当时竹林大多是庙产，百姓需要的竹炭无从获取。于是从那时起，西天目禅源寺首开义举，祈福烧烽蓬。

从每年新年的第一天开始，看山和尚就要上山砍一支毛竹，以后每日砍一支，竖立在院角收藏。待到这一年底，砍满三百六十五支。除夕晚上，禅源寺院内灯烛辉煌，寺内山门前广场堆满了竖起的毛竹蓬，并以干柳树枝置入蓬内，用干柴点火燃烧。全寺僧人身披袈裟，双手合十，环绕烽蓬走动，诵念《普门颂》。伴随着毛竹啪啪的爆裂声，火势映红了整个寺院，山门内外夜如白昼。那时，四面八方的百姓都会赶来观看，场面壮观，热闹非凡。

烽蓬烧到最后倒坍，倒向哪个方向，来年那个地方年成就好。和尚化缘就到那个地方去。烧剩的竹炭，百姓们纷纷拾取回家做蚕花，据称养蚕可防瘟，或储存在家里，

用作辟邪之物。

烧烽蓬的同时，寺庙还要支起几口大铁锅，用银杏树的果实煮成白果羹，布施各方来的香客和附近百姓。由于禅源寺附近的银杏树多为野生，加之独特的气候环境，果实特别大，又称"大佛手"。因这"佛"字，民间传其能防病健身，故百姓争相以喝上佛手香羹为荣。一时，佛手香羹名声大噪，代代相传。

在我娘大约五岁时，外公就背着她翻山越岭去看过烧烽蓬。

傍晚，太阳落到西山头，霞光把天目山脚下的小山村照得煞是美丽。山坡上，大树掩映中散落着十几户白墙黑瓦的房子，有几户农家的屋顶炊烟袅袅。吃罢晚饭，我娘跑到邻居家的晒谷场，与几个小伙伴玩起了跳石头棋游戏，正玩到兴头，外婆在家门口唤："兰香，兰香哎，快回家喽！"我娘一头汗湿地跑回家。外婆把灶头上刚炒好的一碗南瓜子倒进我娘的左右两只口袋里。外公立在门槛边，拎起我娘往臂膀上一提，我娘就稳稳地落在外公的肩膀上了。

"我们看烧烽蓬去喽！"外公吆喝了一声。

"看烧烽蓬去喽！"我娘骑在外公的肩膀上，奶声奶气地学外公喊了一句。

家里的黄狗见状忽然醒悟，急忙跃出家里的门槛，摇晃着尾巴，跟在主人后面。

通往天目山禅源寺的那条蜿蜒的山道上，慢慢会聚了从几个村落去看烧烽蓬的男女老少。大家嬉戏欢笑，有唱山歌的，有讲乡野趣话的，开心的声音回荡在山谷。

越过一个山头，远远的望见被大山包围着的禅源寺的金黄色的檐角。此时，从寺庙方向传来"咣咣咣"清脆响亮的钟声。行进中的众人闻声迅即安静片刻，马上又兴奋起来，大家互相催促着，加快了脚步。

一丝冷风吹来，我娘紧紧地伏在外公的背上。外公脚上穿着山袜草鞋，走在黄泥地上，坚实有力，发出"啪啪啪"的声响。我娘听见外公呼呼的喘气声，闻见外公衣服里透出来点点汗气的味道，感觉甜甜的。

禅源寺里，天光尚亮。从四面八方赶过来的人群聚拢在寺院山门前的广场上，熙熙攘攘，僧人们把毛竹搬到广场一角，一一竖堆起来。

天黑下来，一位大和尚点燃了堆着的毛竹蓬，火焰里啪啦地烧起来。此时，几百位身披袈裟的僧人开始诵经祈福。大火越烧越旺，照得整个寺院通红发亮。等烽蓬烧完，炭火由红亮渐渐转黑，围着的老百姓就上前捡拾炭花。他们期盼着这些炭花能为自家带来好运。

寺庙的一角摆放着几大锅用天目银杏熬成的佛手香羹，咕嘟咕嘟煮着，香气缭绕。这是最吸引小孩子的。大家排着队依次领取满满一碗佛手香羹，或站或蹲，吸溜吸溜喝到肚里去。

我娘想起出门前，外婆轻声细语嘱咐她，佛手香羹一定要喝，这个汤羹喝了，小孩子一年里也不会有小病小痛。我娘把这个话记在心里了。或许也是饿了，汤羹喝完了，我娘还把碗底舔得干干净净。汤汁粘在她的脸上和鼻子上，外公笑她是个花脸猫。

散场后，村里人和狗往回走在山道上，两边的野地里，几只失眠的虫子在嘀嘀咕咕。天漆黑漆黑，村人点起了松油柴火把。老油柴燃烧着，小火跳跃着，发出滋滋的声音。火把长队走在弯弯曲曲的夜路里，像一条长长的火龙在游动。

而此时，我娘伏在外公温暖的背上，沉沉睡去，口水湿了外公一大块背脊。

这是我娘最初看烧烽蓬的记忆，既遥远又真切！

阅微

TUANWU

山僧之诗

文字 / 马鸣谦

马鸣谦——佛教学者、作家。堪比艾柯的《无门诀》作者。

《奥登诗选：1927—1973》译者。

这个八月，不知什么缘故，连着来了三次杭州，都是在西郊。第一次上了余杭径山寺，第二次是在杭州师范大学，第三次应周公度兄之邀，来了一趟西天目。三件事本无关联，却也印证了与此方风土的一点宿缘。

那就说些与径山、天目有关的人事吧。与其说是人事，不如说是与此地有关的前代禅师的诗文。径山、东西天目本是一脉，我在这里要介绍的三位禅师也出自同一法系，所以，并不算离题。

名山自古出名僧，天下山林半归寺。昔日的出家僧，是如何描述他们的山居生活的呢？我花了些时日，来钩沉他们的诗文，连缀成篇，读者不妨将其看作围绕了一个主题的读书笔记。

第一篇要引的是南宋末年佛鉴禅师无准师范的文字，出自《无准师范禅师语录》（《卍新纂续藏经》No. 1382）。在南宋末年，他担任了被评定为"五山十刹之首"的径山寺的住持，坐下弟子龙象云集，除来自江浙与蜀地的汉地僧，还有不少来自日本和高丽的留学求法僧，其中比较有名的，就是学成回

国创设京都东福寺的日僧圆尔辨圆。无准师范有一首偈颂，我一向很喜欢，标题是《四威仪》：

山中行，移步教放轻，无别意，恐侂幽鸟惊。
山中住，落叶不知数，无人扫，翳却松门路。
山中坐，习闲成懒惰，少献花，但见猿偷果。
山中卧，不知时节过，雨打窗，好梦都惊破。

真是好文字。笔触似不经意，声调低回婉转，幽鸟、落叶、松门路、偷果的猿猴和窗前雨，几笔勾勒带过，就将静谧山寺及修道者的禅心传达得真

无准师范画像

切可感。六年前，第一次在无准师范语录里读到，默念了几遍后，即能成诵。那时《无门诀》还未写成，为来寻访旧迹，特地访径山，走了山下的古道，当时背了很重的背包，走了不到一个小时。上山后，曾在禅师坐像前发愿，写成此书。

四月份这次重上径山，不觉六年已过去，上山却累得气喘吁吁，走走停停，竟费去了一个半小时。在禅师坐像前供上香具与写成的书，燃香三炷，一是还了愿，二也是感恩他远隔八百年的遥接虚引。

写下这首偈颂的无准师范是怎样的形象呢？如今在日本还留有他的一幅珍贵的顶像画，现为东福寺所藏。画面上，禅师安坐禅椅，身体略向右转，姿态舒展、眉目慈蔼，面对每一位观画者，浅笑而不语。

画成这幅顶像的画家展现了人物写真的非凡技艺，而禅师的脸部乃最精彩处：双目及颊部均细致描绘，眼窝边的刻画尤为精到，若干淡墨点在眼眶四周，再勾勒浓淡不同的墨线，将人物的眉目神情刻画得深邃、丰富；脸颊敷以朱色，侧面抹淡，鼻梁部亦以朱色点染两边鼻翼，凸显了鼻子的挺直，顿使人物面部有了立体感。此种经由局部点染合成整体面部的画法，或许并非画家独创，而是宋画写实一派的传统训练；只不过，他将固有手法进行了富有创造性的发挥。

无准师范顶像予人特别深的印象，若配合前引的《四威仪》偈颂，便更具动人的力量。站定在画幅前，禅师如真人再现眼前，令观者所在的空间呈现出一种奇异的神圣气氛。

四五十年后，驻西天目的高峰原妙禅师也应和了一首同题偈颂，题为《山中四威仪供佛鉴师翁韵》。为何称师翁？这牵涉两人的法脉关系：高峰原妙二十二岁时依止了断桥妙伦禅师，而断桥妙伦正是无准师范的嗣法弟子。因此，算起关系来，他正是无准师范之法孙，称无准师范为"翁"是很允当的。

这首偈颂袭用了无准师范《四威仪》的"轻—惊""数—路""堕—果""过—破"四韵，同样富有禅味。

山中行，步高身尽轻，拟飞去，惟恐世人惊。
山中住，黯淡云无数，誓相期，共守无生路。
山中坐，静看空花堕，问何为，待结团栾果。
山中卧，月落猿啼过，正堪眠，石定从教破。

相比无准师范，高峰原妙更重苦修头陀行；与山中诸法侣"共守无生路"，是他修道的志向。他如是想，也是如是做的。景炎元年（1276 年），元军南寇，江浙一带兵乱不休，他便遁于西天目师子岩，辟一洞室隐修，名曰"死关"。以破瓮为铛，每日一食。要进入洞室，还须借助绳梯。山外的行脚僧入山来访，原妙禅师会设"六则垂问"，以勘验其功夫根底：

高峰原妙画像

一曰大彻底人，本脱生死，因甚命根不断？二曰佛祖公案，只是一个道理，因甚有明有不明？三曰大修行人，当遵佛行，因甚不守毗尼？四曰杲日当空，无所不照，因甚被片云遮却？五曰人人有个影子，寸步不离，因甚踏不着？六曰尽大地是火坑，得何三昧，不被烧却？

倘若语不投机，禅师就不会现身出迎，来访者就只得怏怏而返了。如今西天目的"闭关洞"遗址有道路通达，只不知是否还是原来的那个洞了。

高峰原妙对于僧徒的山居生活又是如何理解的呢？从他的《示山居徒》中抄录片段即可略窥其住山旨要：

城市山林，独居众聚，皆是进道之时。你一个为生死大事之心不谛当不坚密，城市则被闹夺，山林则被静障。独居则口食相煎，众聚则是非境缘。相杂俱不相称。所以古人云，参禅无秘诀，只要生死切。此个为生死大事之心真切，久远不退，虽终身在十字街头乞食。总是心空及第之时。如今你三人在山中住，但一切不要造作，有饭吃饭无饭吃粥。工夫做得做不得，道业成辨成不辨，只由你自心，究竟不从人得。

时时盯住生死大事，彻悟心空之后还须长久保任。至于行为上的准，也很简单：但一切不要造作，安住当下，随性自然而已。

成宗元贞乙未年（1295年）岁末的某日清晨，原妙禅师升座辞众，告白说"西峰三十年，妄谈般若，罪犯弥天，末后有一句子，不敢累及诸人，自领去也。众中还有知落处者吗？"沉吟许久，又道："毫厘有差，天地悬隔。"

日出山头时分，又说辞世偈："来不入死关，去不出死关，铁蛇钻入海，撞倒须弥山。"

说完就入灭了。

辞世偈是禅师付嘱门下弟子的赠别语句。临到最后时刻，禅师会将多年的证悟体验和盘托出，往往言句直截而意象奇诡，势如雷霆霹雳，直击心魄。

此后，高峰原妙禅师的嗣法弟子中峰明本禅师承继了他在天目的法席。

明本禅师，别号"西天目山幻住道者"或"西天目山幻住老头陀"。他的一生行迹，大抵往来于天目山和江浙别寺之间。明本二十四岁时，因读《景德传灯录》生疑惑，赴西天目山求教于高峰原妙禅师，此后就在其座下习禅。十年随侍左右，相当地精勤用功，昼间劳作，晚来习禅，据说"十年胁肤不沾席"。原妙禅师临终前嘱咐明本接任了大觉正等禅寺的住持位。

中峰的墨迹也很有特点，被誉为是独门的"柳叶体"。他的嗣法弟子天如惟则在江南弘法，后来在苏州造起庵寺。此庵名唤狮子林，就是为了纪念老师中峰明本和师祖高峰原妙禅师在天目狮子岩的修道场。他还收了一个很有名的俗家弟子，元代文人、大画家赵孟頫。据他身前言行编订刊印的《天目中峰和尚广录》（《碛砂藏》册 37）和《天目明本禅师杂录》（《卍新纂续藏经》NO.122）收了他的很多诗文，与山居生涯有关的不在少数，很多写的又都是天目风光。

久居山林之人，对春夏秋冬四季的感受，和常住城市的凡俗人等大为不同。明本禅师有《山中》四首和《天目四时》四首，对此经验、情态有着极精微的描述。读者若不嫌麻烦，不妨通读一遍。这些诗文，言句简切又生动，如文字的素描：

山中（四首）

春到山中也太奇，浅深红紫缀花枝。
东君不管茆茨窄，逼塞阳和十二时。
夏日山居味更长，苍松翠竹绕柴床。
南薰带雨来天岸，整日惟闻白雪香。
道人山舍颇宜秋，索索西风响树头。
千嶂月寒清露滴，不知深夜湿缁裘。
山深茆屋畏冬寒，雪老冰枯只自看。
就地掘炉浑没底，夜深谁共拨灰残。

天目四时（四首）

深居天目底，道韵不寻常。
祖意尘尘合，身心念念忘。
杂华谁点缀，群木自芬芳。
万物随时变，春多水亦香。
深居天目底，幽邃绝逢迎。
一个话头破，千生梦眼醒。
竹烟粘麈冷，松露滴门清。
共厌人间暑，头陀想不成。
深居天目底，惟与万山邻。
禅外有真趣，眼中无俗尘。
新霜传气候，古篆约时辰。
叶落知秋者，林间有几人。
深居天目底，道者自忘机。
念尽禅心密，情逃戒体肥。
冻云侵石磴，寒雪护苔衣。
料想参玄者，残冬不我归。

　　《天目四时》四首里，季候物象随禅机而动，用意在抒发禅理趣味。这里的"天目底"，不是指天目山的谷底，而是幽深处的意思。从四段诗文中，我们约略可以知晓一点山中修道人孤寂的存在感。纵然如此，"共厌人间暑"，相比喧腾杂沓的城市，天目这里仍是一片清凉地。

　　我也喜欢他的另两首山居诗，前一首《山行》是七言律诗，述写春日行旅途中所见，可能并非在天目山中，而是回天目的路上，因有"客路正长归未得"一句。通篇状写景物，光色随步履移动而变，要点在"动"；语调轻缓荡漾，显见得当时禅师的心情极为畅悦。后一首《山居》的体例是五言、七言间杂的歌行体，以耳目所闻、所见的物象，来衬写山居生活之"静"，文字同样活泼无拘碍，深得禅家旨趣。

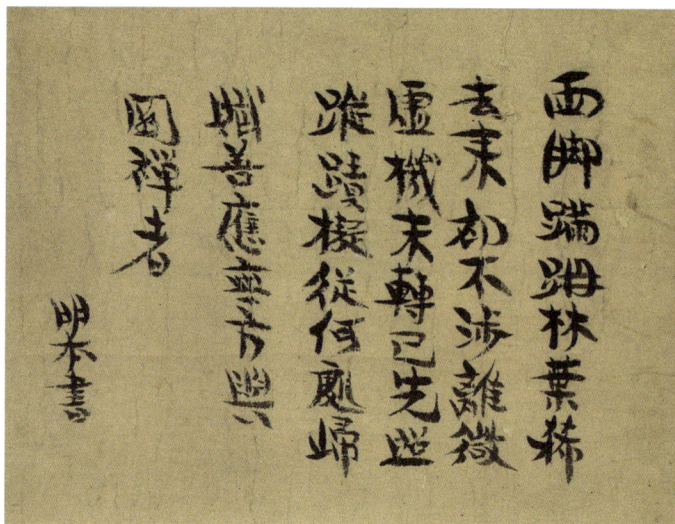

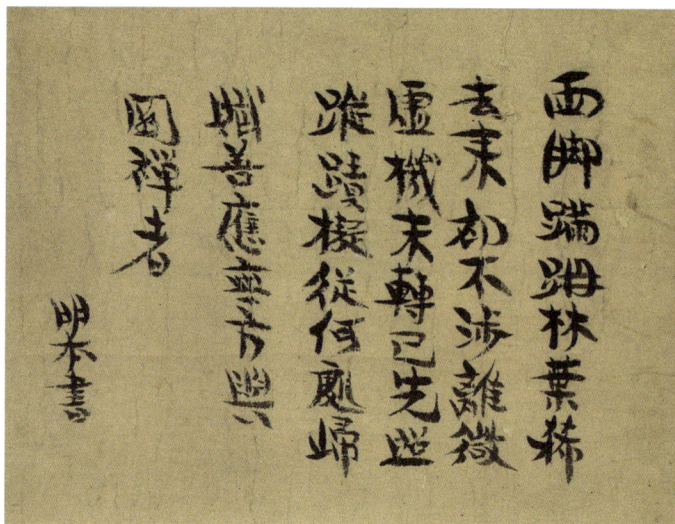

山行

雪梨花落豆梅青，两袖春风杖屦轻。
翠竹篱边闻犬吠，紫荆花下见人行。
烟收远嶂岚光老，雨绝前村溪水平。
客路正长归未得，不禁时听杜鹃声。

山居

无影到人间，逍遥自驻颜。
半床清梦熟，四壁白云闲。
野鹿赴无出，狂猿去又还。
唯应朝市客，思我住深山。
一坞白云藏石磴，半间茅屋挂藤萝。
衔花幽鸟不知处，门掩夕阳春思多。

另有一首比较切题的是《松花酿歌》，写的却是山居生活的一项寻常生计：有天目山中乡民邻翁来访，介绍以松花为食的诸般好处和具体食用法。体例是歌吟，短长句间错，情调烂漫不拘。

半生幻住西天目，每爱好山如骨肉。破铛无米不下床，瘦腰三蔑从教束。邻翁白日来打门，且笑且言声满屋。还知屋外老松花，绝胜农家千斗粟。堪作饭，玉穗金英光灿烂；堪作粥，碧雪紫霞香馥郁；压成饼，冰雪蟠屈龙蛇影；捏成团，烟云磊硙牙齿寒。我闻千年老松花为石，肉眼凡夫有谁识。更拟寻枝摘叶看，我道未曾尝此食。绝来籽，非栽培，秋涛万里驱风雷。我疑乌兔推翻八角磨，尽把虚空轻碾破。不向机先信手拈，眨得眼来俱蹉过。毗耶谩自求香积，展手开田徒费力。谁知只在屋檐头，万劫要教饥不得。阿呵呵，谁辨的，苔阶扫尽禀未空，明月春风又狼藉。

元至治三年（1323年），中峰明本预知自己世寿将终，八月十四日晨，起身后作偈辞别大众："我

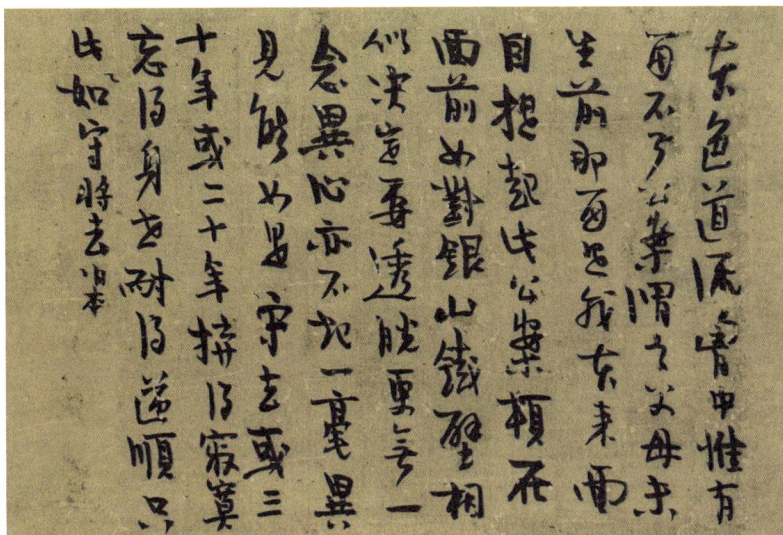

五十六世中峰明本禅师

中峰明本画像

有一句，分付大众；更问如何？无本可据。"

写完之后，置笔安坐而逝。

世间凡俗中人，总不免心心念念求身外物，对身心如何解脱、如何得真正的大自由，大多数都很懵懂。而有心求索的人，又常常不得其门而入。古来禅师在这方面精进努力，实在是堪为表率，而他们的所思、所言与所行，确乎蕴藏了丰厚的人生智慧，足以为我们这些后人提供指引。是的，身在何处并不重要，要紧的是勘破生死大事。

思来想去，万般解释，总不如高峰原妙禅师说得恰切：

城市山林，独居众聚。皆是进道之时。

马鸣谦 9 月 6 日

韦陀菩萨，
你好啊

文字 / 李彦

李彦——学者，曾留学美国，佛学与国学研究者。

每一座山都
有一尊神灵，
在古代
森林葱郁的
天目山是
韦陀菩萨。

中国传统的寺院，进入山门，会有一座天王殿。天王殿的正面供奉的是弥勒菩萨，两侧是四大天王。弥勒菩萨的背后所立的尊神，就是韦驮天（Skanda）。它面对着大雄宝殿，镇护道场。更早的时候，韦驮天又写作私健陀天，在民间则多习惯称为韦陀菩萨。

韦陀菩萨是佛教的重要护法，为执金刚神之一。普通的信众进入寺院，一般都是直奔大殿而去，只有那些资深的信众，才会着意拜会韦陀菩萨——一束花，一瓯净水或一支香。韦陀菩萨的形象，原本是夜叉相，威吓群邪的，但现今一般是作面相谨严、身穿盔甲、手持宝杵的天将军身相。他统领东、西、南三洲，巡游护法事宜，保护出家人，护持佛法，故寺院都会供奉他。

又因为佛经典籍也是佛法的重要外延，明代以后，将韦陀菩萨的形象印在佛经与佛教典籍的末页逐渐流行起来，以此表示庄严谨后、护持正法之意。

日本天保时期彩绘本《诸尊图像钞》中的
十二天之鸠摩罗天 图

《御录经海一滴》共六卷，乃清雍正皇帝
节录《圆觉经》《金刚经》《楞严经》《妙
法莲华经》《涅槃经》等二十部佛经所成。
每部经选取数十则以便展诵。前有御制序
和如来说法图一幅，后有韦陀像一幅和御
制大般涅槃经跋。

韦陀菩萨的原型

韦陀天的原型是古印度婆罗门教中
大自在天的儿子室建陀，又名"鸠摩罗
天"（意为"童子"）。

在佛教唐密的《金刚界曼荼罗》中，
是外金刚部二十天之一。

相传释迦牟尼佛涅槃后，有罗刹将
释迦牟尼佛的舍利子抢回去供奉，多亏
善于行走的韦陀天奋力追夺回来。因此
佛教奉其为护法神。

由皇室转变大众

现今社会上所流传的韦陀菩萨形象，实是受唐代《道宣律师感通录》的影响所致。唐代佛寺甚多，佛经的刊印也是皇室与达官贵人祈福的重要形式。

《道宣律师感通录》记载：

"……有一天来礼敬，叙喧凉已，曰：'弟子姓王，名璠。……弟子是南天韦将军下之使者，将军事务极多，拥护三州之佛法。'又一天来，云：姓费氏。礼敬如前，云：'弟子迦叶佛时，生在初天韦将军下。诸天以贪欲醉，弟子以宿愿力，不恋天欲，清净梵行，偏敬毘尼。韦将军童真梵行，不受天欲。一王之下，有八将军，四王三十二将，周四天下往还，护助诸出家人。四天下中，北天一州少有佛法，余三天下佛法大弘。然出家人多犯禁戒，少有如法。东西天下人少黠慧，烦恼难化。南方一洲虽多犯罪，化令从善，心易调伏。佛临涅槃，亲受付属，并令守护，不使魔娆。若不守护如是破戒，谁有行我之法教者？故佛垂诫，不敢不行。

虽见毁禁，愍而护之。若见一善，万过不咎。事等忘瑕，不存往失。且人中臭气，上熏于空四十万里，诸天清净，无不厌之。但以受佛付属，令守护法，尚与人同止，诸天不敢不来。韦将军三十二将之中最存弘护，多有魔子魔女轻弄比丘，道力微者并为惑乱。将军拪遑奔赴，应机除剪。故有事至，须往四王所时，王见皆起，为韦将军修童真行、护正法故。'"

由此可知，这位姓韦的天将军是南方增长天王座下的八将军之一，是四大天王三十二将军之中最受敬重的一位：一是因为他修童真梵行，二是因为他守护出家众及佛法最是不遗余力，所以各地寺院都造其形象供奉。因为姓韦，遂与韦陀天相混，称为韦陀菩萨。

韦陀菩萨的形象，是身穿盔甲、手持宝杵的天将军身相。

持杵的姿势有三种：一种是两手合掌，杵横放在两臂（相传表示这寺院可以挂单），一种是单手持杵拄地（相传表示不接受挂单），一种是单手持杵靠在肩上。

明万历三年（1575 年）版《妙
法莲华经观世音普门品》中的
韦陀菩萨

清代彩绘绢本《大悲咒出相图》
末页的韦陀尊天菩萨

陀罗尼与赞颂

唐密传承的《韦陀菩萨护世真言》，在日本佛教东密方面，亦有极少数阿阇梨有传授此陀罗尼。

修持此真言可得到韦陀菩萨的护佑，降伏内心魔外天魔及一切巫术邪法，与西密的韦陀菩萨降魔心咒功德相同，并驾齐驱。

在佛教寺院的早晚功课中，还有专门的《韦陀赞》：

韦陀天将，
菩萨化身，
拥护佛法誓弘深。
宝杵镇魔军，
功德难伦，
祈祷副群心。
南无普眼菩萨摩诃萨，
摩诃般若波罗蜜。
南无十方三世一切佛一切菩萨摩诃萨！

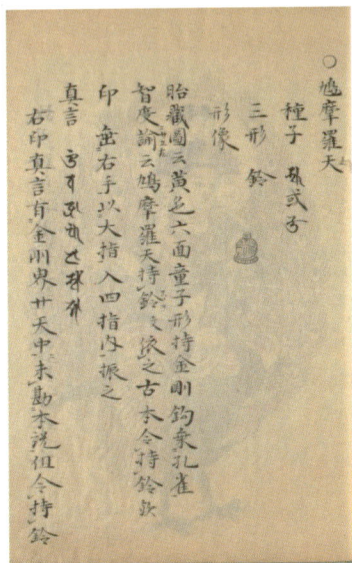

《诸尊图像钞》中的十二天之鸠摩罗天陀罗尼真言

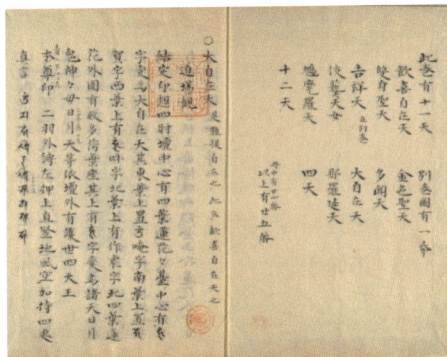

《诸尊图像钞》中的十二天

172

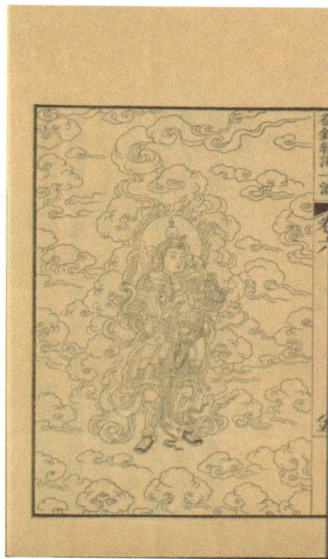

清雍正十三年武英殿刊本《御录经海一滴》后记附录的韦陀菩萨法相

韦陀菩萨来到了民间

因为韦陀菩萨有镇护寺院、护持佛法的法用，流传到了日本，日本禅宗将韦陀菩萨奉为厨房和僧坊的守护神。韦陀菩萨的作用，从此便更为日常化了。这也是韦陀菩萨在民间的影响日益扩大的主要因素。

日本很多地方更是将他奉为能除去小孩病魔的神和速度快的象征。日本俗语中所说的"韦陀天走"，意思相当于中国的"神行太保"。

在中国明代时，韦陀菩萨就已经在民间广为流传。当时由小说家许仲琳编著的《封神演义》中，韦陀菩萨名为"韦护"，即是取自韦陀护法的略称。在书中，作为道行天尊的弟子，他与韩毒龙和薛恶虎同门，手中的法宝也是降魔杵，持在手中轻如鸿毛，打在身上重如泰山。清代家喻户晓的《济公全传》中，也有韦陀显身降妖的故事。

不过迄今为止，学术界还没有一本关于韦陀菩萨的研究书籍。令人期待啊！

西班牙来信

TUANWU

巴列·因克兰
的《波西米亚之光》

文字\与其

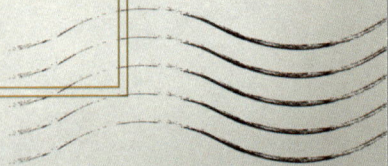

与其（女）——从事西班牙 19 世纪叙事文学和加尔多斯研究。
部分译文见于 Nayaguas、《南方人物周刊》、《中西诗歌》等刊物。

巴列·因克兰雕塑

Valle Inclán

生于 19 世纪末的戏剧家巴列·因克兰 (Valle-Inclán) 也许比塞万提斯更适合"独臂人"这个称呼。

1571 年勒盘托海战，时年不到 30 岁的塞万提斯左手受伤，因此被称作"勒盘托独臂人"。但时至今日，有研究表明他仅是左手残疾，并非像多数人以为的那样，成了真正意义上的独臂人。

1899 年，马德里一场咖啡馆论战中，同为作家的马努艾尔·布埃诺 (Manuel Bueno) 与 33 岁的巴列·因克兰发生争执。在针锋相对中，布埃诺拐杖袭来，后者抬起上臂抵挡。但终因伤口感染过深，只能截肢。黑白照片里，戴圆眼镜、留长胡须的巴列·因克兰左袖常是空荡荡的。自此他无法再像以往一样作为演员登台表演。

"幸好写东西的手是右手。"传言当他再次见到布埃诺时，向对手这么说。

每年的三月或四月，选一个初春的夜晚，马德里会举行马克斯·埃斯特雷亚之夜 (Noche de Max Estrella)，以纪念巴列·因克兰这位在西班牙文学史上举足轻重的剧作家。活动名取其戏剧《波西米亚之光》的主人公的名字。在看过网上通告后，我发现不用预约就可以参加，想来人应不多，属于小众的游览活动，于是邀了二三好友，欣欣然一起前往。

集合地点在太阳门旁马约尔街上的一个小广场。赶到以后，我却傻了眼，只看到密密麻麻将近四五百人聚集在不宽敞的空地上，主讲人被围在中

心，正在致开幕词。声音从音箱里传出，只闻其声，不见其人。我探着头向四周来回张望，发现人群里有背着书包学生模样的青少年，有将小女儿架在肩膀上的父亲，也有拄拐杖的瘦削老人。

我的老师安赫拉今年六十多岁，教授巴列·因克兰研究这门课。她说自己一生中除了丈夫以外，挚爱过两个男人：一个是作家伊巴涅斯 (Blasco Ibáñez)，一个是巴列·因克兰。一次上课，她带来自己参与拍摄过的巴列·因克兰纪录片。镜头中，她在灰白的卷发上缀了一顶羽毛花瓣帽子，与若干名学者坐在一间陈设古典的咖啡馆里，谈论过往的戏剧和西班牙。

西班牙民族对戏剧的重视由来已久。每年夏天，在拉曼查的阿尔马格罗（Almagro）小镇都会举行国际古典戏剧节。这里除了腌茄子负有盛名以外，还完整保留着西班牙唯一一座 17 世纪的古剧场。闲暇时间，17 世纪的民众或许会去看洛佩·德·维加的《羊泉村》，19 世纪的人们则会去看一场索利亚的《唐璜》。像过去中国人爱看戏一样，剧院对西班牙人来说，是娱乐场所，也是社交场所。如今，这里的年轻人对戏剧的热爱仍然不减，各种非盈利的民间剧团和小众戏剧层出不穷。三四个穿着普通的女孩子，没有音乐、话筒和布景，仅凭嘴巴和肢体语言，也能演出一台好戏。

在戏剧《波西米亚之光》中，盲诗人马克斯在马德里的各个街巷酒馆穿梭，度过了自己一生中的最后一个夜晚。"兄弟姐妹们，朝圣者们"——活动的领队是位戴银边眼镜的老学者，带着携式麦克风吆喝大家——"集结完毕。现在，让我们前往第一个目的地。"于是铜铃声叮叮当当地响，人群涌动，三三两两地在窄巷中挪移起来。

自《波西米亚之光》起，巴列·因克兰开始了著名的"西班牙荒唐剧"(Esperpento) 创作。剧中，作者借主人公之口阐释这一概念："西班牙生活的悲剧性只能借由一种歪曲事实的美学来反映。"接着，他又用凹透镜 (el espejo cóncavo) 来比喻这个过程："如今我要做的就是用凹透镜的数学来改变那些经典的规则。"

人群前往的地点之一是带给作家凹透镜美学灵感的"猫巷"（Callejón del Gato）。Gato 在西班牙语里的意思是猫。严格讲也许不该这么翻译，因为街名实际来自一位 15 世纪姓 Gato 的马德里诗人，而我却更倾心这个带点神秘色彩的名字。

马德里不少街道和地铁站都由文化或历史人物来命名。小说家克维多、诗人鲁文·达里奥（Rubén Darío）、画家维拉斯开兹（Velazquez），等等，都在地图上占有一席之地。有时，一条不引人注目的小巷，细细一查，才发现可能和某位三四个世纪前的古人有道不尽的渊源。

年轻巴列·因克兰二十二岁的作家拉蒙·戈麦斯·德拉·塞尔纳 (Ramón Gómez de la Serna) 曾为他写传，书中这样描写彼时的猫巷："不久前，猫巷的墙上还嵌着两面往来行人大小的镜子，一面凹透镜，一面凸透镜，所有看向它们的人都被变成了堂吉诃德和桑丘。"

Almagro 剧场

街景

　　如今在猫巷还能看到这两面镜子，挂于一家主营辣酱口味小吃的酒馆外。一米见方左右，齐人高，路人走过去看自己，样子就变了，上下颠倒，形态诡异。酒保说，店外的镜子是复制品，真正的原品在店内，已经用玻璃保护起来。周末下午蒙蒙阴雨，店里人满为患，说话也得大声。他做了个"请"的姿势，我顺着看过去，就看到了那两面布满碎纹的凸凹透镜。客人们多点了店里的辣酱炸土豆块在喝酒谈天，少有在镜前驻足的。

　　1898 年，西班牙在美西战争中落败，失去了最后几块海外殖民地，各个层面上的危机让知识分子们开始重新审视这个昔日辉煌的殖民帝国，"九八年一代"的称呼由此而来。除了受到尼采、叔本华等欧洲哲学家影响常有对生存死亡的思考外，"九八年一代"的作品中还多见对国家社会情状的忧虑。曾被鲁迅从日文译介过的小说家巴罗哈（Baroja），徐霞村、卞之琳翻译过的阿索林（Asuolin）都在此列。巴列·因克兰也是其中一位。政治和经济上的衰落反而带来艺术和文学上的复苏觉醒。自此，西班牙迈入了文学的白银时代 (Edad de Plata)。

　　马克斯·埃斯特雷亚在剧中说："西班牙是欧洲文化的荒唐变形。"（España es una deformación grotesca de la civilización europea.）何为西班牙式荒唐？大约没有比画家戈雅（Goya）的版画《狂想曲》能够更好解释地这个名词的例子了。《波西米亚之光》中，巴列·因克兰借马克斯之口承认："西班牙式荒唐剧是戈雅创造的。"被凹透镜和凸透镜反射的现实和角色们离"崇高"很远。作家带着一种近乎戏谑的距离感审视他们。马克斯与对他敬仰有加的朋友堂拉丁诺在马德里的夜晚走街串巷，像极了堂吉诃德和桑丘两人的冒险：不羁的主角，忠诚的"仆人"。因此有人说《堂吉诃德》实际上也是一部巴列·因克兰式的"西班牙荒唐剧"。

剧中一幕，经过科隆咖啡馆，马克斯让堂拉丁诺看看现代派诗人鲁文·达里奥是否在里面，后者观察一番后回答说："他在那儿，像一只悲伤的猪。"

巴列·因克兰和鲁文·达里奥在马德里相识，两人相互钦慕。在《波西米亚之光》中，巴列·因克兰将鲁文称为"大师"。另外，有达里奥的十四行诗为证：

剧照

> 这留着山羊胡的伟大堂拉蒙，
> 微笑是他形貌的精髓，
> 像年老、傲慢而不合群的神，
> 在自己雕像的冰冷中灵动。
>
> 他双目的铜偶然闪耀，
> 橄榄枝后燃放红色的火。
> 在他身旁时我感到
> 生命愈加激烈和顽酷。
> ……

两人好友中有一位叫阿莱汉得罗·萨瓦 (Alejandro Sawa) 的塞维利亚诗人，是《波西米亚之光》中马克斯的原型。剧中一幕，达里奥劝萨瓦放弃波西米亚式的生活："是时候赶紧逃离这不羁的日子了！"所谓"波西米亚"，即为"放浪不羁"。萨瓦虽才华横溢，但生命的最后却过得极困苦疯癫，又失去了视力。他去世以后，巴列·因克兰给鲁文·达里奥写信，信中道：

剧中人物雕像

亲爱的鲁本：

得知他去世后我留下了泪，为他，为我，也为所有穷苦的诗人们。我什么也做不了，您也是，但如果我们一些人团结起来或许可以做点什么。

阿莱汉得罗留下了一部未出版的作品，是他最好的一本书。一本充满希望与悲痛的日记。

不断尝试出版失败，加上一封《自由党》报撤销六十比塞塔合作的信，让他在生命最后几天失去了理智。那是一种绝望的疯狂。他想自杀。他像悲剧中的国王一般，在疯狂、失明和愤怒中死去了。

天色渐暗，马克斯·埃斯特雷亚之夜的队伍驻足于卡尔德隆故居前，两位戏剧表演家在朗诵卡尔德隆戏剧中的片段。一位女演员，五十多岁，声音仍像少女一样动听。在尚有凉意的傍晚，她口中吐出的每个词都仿佛透明的冰，在触到皮肤的一刻消散。

卡尔德隆的作品量虽然不比他的前辈洛佩·德·维加，仅有一百余部，但传世之作不少。一般认为，他的去世标志着西班牙文学艺术黄金世纪的结束。其作品中最著名的要数《人生如梦》，其中，又数第二幕中男主角塞西斯蒙多的一段独白最为大众所熟知：

> 何谓人生？一阵痴狂。
> 何谓人生？梦幻一场。
> 一片影子，空蒙虚妄，
> 最大的福祉不足挂齿，
> 整个人生是梦里度日，
> 说梦亦是做梦之时。

因一个不详的预言，塞西斯蒙多从幼年起就被父亲囚禁，不知外面的世界是怎样的景象。剧中一幕，他感叹："人最大的罪过是生在这个世界上。"

在《波西米亚之光》中，在经历了一夜的游荡后，马克斯悄悄死去。在他冰冷的尸体前，好友堂拉丁诺唏嘘不已："在西班牙，才华是一项罪名！"如第一幕中马克斯所寻求的，最终，上帝为他打开了"死亡之门"。对他来说，死亡是逃离和反抗这个世界的最好方式。人生本大梦一场，愤懑中死去的诗人，安息吧。

萨瓦去世后的一年，生前他盼望出版却不得的《影中之光》(Iluminaciones en la sombra) 终于问世。受萨瓦遗孀之托，鲁文·达里奥为这本书撰写了序。序中，他回忆了在巴黎初遇萨瓦，以及两人相识的种种过往。达里奥将自己的朋友描述为一个全身心沉浸于文学和艺术中的波西米亚者："他将艺术当作自己的宗教和生存的意义。"的确，萨瓦的故事本身即像一部作品，一首长诗，一场以悲剧收尾的戏剧。

萨瓦和马克斯的结局并未给人以喘息的机会，如同"九八年一代"笔下黑夜中行走的西班牙所带来的绝望。然而，《影中之光》《波西米亚之光》，从题目便能看出，巴列·因克兰们纯粹的叛逆后掩藏的实际上是对光明的无限渴求，对西班牙社会尚有改变之力的信仰。正像 1901 年三十九岁的萨瓦在《影中之光》中写道的："或许已经有些晚了，但我仍想向生活宣战。"

★《波西米亚之光》主人公马克斯·埃斯特雷亚的姓 Estrella 在西语里是星星的意思。
文中所引《人生如梦》片段为董燕生翻译。

图书在版编目（CIP）数据

　　抟物．2，森之美 ／ 周公度主编．－－ 北京 ：国际文化出
版公司，2018.2
　　ISBN 978-7-5125-1008-1

　　Ⅰ．①抟… Ⅱ．①周… Ⅲ．①随笔－作品集－中国－当代
Ⅳ．① I267.1

　　中国版本图书馆 CIP 数据核字（2017）第 270582 号

抟物 2·森之美

总 策 划	刘汝斯·拾文化
主　　编	周公度
责任编辑	潘建农
统筹监制	李 莉　陈 静
摄　　影	敬 松
美术编辑	秦 宇
市场推广	周国瑞　张楷钰
出版发行	国际文化出版公司
经　　销	国文润华文化传媒（北京）有限责任公司
印　　刷	三河市少明印务有限公司
开　　本	787 毫米 ×1092 毫米　　16 开
	12.25 印张　　230 千字
版　　次	2018 年 2 月第 1 版
	2018 年 2 月第 1 次印刷
书　　号	ISBN 978-7-5125-1008-1
定　　价	46.00 元

国际文化出版公司
北京朝阳区东土城路乙 9 号　　　　邮编：100013
总编室：（010）64271551　　　　传真：（010）64271578
销售热线：（010）64271187
传真：（010）64271187-800
E-mail：icpc@95777.sina.net
http://www.sinoread.com